ASSASSIN

Du même auteur

Love **Twice**

Célibataire, maman et débordée
Désirs Ardents : *La série qui réchauffera vos nuits*

Propose-moi - Tome 1

Choisis-moi - Tome 2

Une semaine aux Bahamas - Nouvelle 1.1

Apprivoise-moi - Tome 3

Grand Lake Stories

Super connard et moi

Super connard et elle

Chez Reines-Beaux

Un nouveau départ

Sentinelle, volume 1

Sentinelle, volume 2

Sentinelle, volume 3

ASSASSIN

Ce livre est une œuvre de fiction. Les noms, les personnages, les lieux et les événements sont le fruit de l'imagination de l'auteur ou sont utilisés fictivement. Toute ressemblance avec des personnes réelles, vivantes ou mortes, des établissements d'affaires, des événements ou des lieux serait pure coïncidence. Le Code de la propriété intellectuelle interdit les copies ou reproductions destinées à une utilisation collective. Toute représentation ou reproduction intégrale ou partielle faite par quelque procédé que ce soit, sans le consentement de l'auteur ou de ses ayants cause, est illicite et constitue une contrefaçon, aux termes des articles L.335-2 et suivants du Code de la propriété intellectuelle.

*En te levant le matin, rappelle-toi combien
est précieux le privilège de vivre,
de respirer et d'être heureux.*

Marc-Aurèle.

ASSASSIN

Clémence Lucas

PROLOGUE

Vous êtes la seule personne à pouvoir amener les autres à vous démasquer, ou non. C'est très simple, tous vos gestes, vos sourires, vos regards, vos clignements d'yeux, vos haussements d'épaules, votre respiration… Toutes ces choses sont des indices susceptibles de vous faire attraper. Vous devez penser à tout, avoir sans arrêt un coup d'avance et ça, ce n'est pas donné à tout le monde.

Vous croyez sincèrement que je suis devenu le plus grand tueur en série des États-Unis de ces dernières années par l'intervention du Saint-Esprit ?

Je suis traqué en permanence, change d'État comme vous, de vêtements. Je traverse le pays à la recherche de ma prochaine victime ou de ma nouvelle planque.

Oui, je suis un meurtrier, un assassin, appelez-moi comme vous voulez, cela m'est égal. Je n'ai pas honte de qui je suis, ni de ce que je fais. C'est comme ça, un point c'est tout.

ASSASSIN

Je n'ai pas d'excuses et n'en cherche pas. Je pense que cela vient de ma condition : on naît bon ou mauvais.

Je m'appelle Azraël et je suis né mauvais.

Voici mon histoire.

Clémence Lucas

Chapitre 1

AZRAEL

Assis sur les marches du perron, mon café à la main, je regarde le soleil se lever par-dessus les collines. Il y a quelques jours, Isaac a décidé de changer d'État, quitter le Dakota – et ses trois meurtres irrésolus – pour la Californie. S'il a choisi cette destination, ce n'est pas par hasard : il voulait être là pour le début de l'été. J'adore cette saison, sentir le soleil caresser ma peau, la chaleur envahir peu à peu l'atmosphère…

Il se passe toujours des choses fascinantes à cette période de l'année.

Au souvenir de l'été dernier, un sourire se dessine sur mes lèvres. Isaac avait jeté son dévolu sur San Diego, trouvé un poste en traumatologie à l'UCSD Mercy Hospital et y est resté cinq mois.

ASSASSIN

Cinq mois. Cinq meurtres. Un par mois. À date fixe.

Il est un peu psychorigide. Il aime les cycles. Si notre premier crime arrive un 12 janvier, le suivant sera obligatoirement le douze du mois d'après. Je ne sais pas trop d'où lui vient cette habitude mais c'est comme cela qu'il fonctionne depuis le premier jour – même si je ne suis pas certain que le meurtre du chien de sa voisine, Mme Andrews, commis à l'âge de nos quinze ans entre dans l'équation.

Cette saleté de clébard pourri, Bobby – qui ose appeler son chien comme ça ? – n'arrêtait pas d'aboyer du matin au soir et avait choisi de le faire devant sa fenêtre. Une nuit, alors qu'Isaac était particulièrement à cran après une dispute avec son paternel, *il* a littéralement pété un plomb et *je* lui ai réglé son compte. J'ai profité de l'absence de la voisine et n'y suis pas allé par quatre chemins : j'ai escaladé la clôture, muni d'un couteau de cuisine, et le lui ai planté dans le flanc gauche. La bête n'est pas morte sur le coup et je l'ai regardée agoniser pendant des heures, fasciné. Ensuite, je suis allé récupérer un sac poubelle et de la javel. J'ai fourré le chien à l'intérieur du sac puis j'ai nettoyé le sol afin de ne laisser aucune trace de mon passage et pour finir, je suis allé enterrer le cabot dans les bois. *La pauvre* Mme Andrews a mis des affiches partout dans le quartier et a cherché son clebs pendant des mois.

Personne n'a jamais retrouvé le chien.

Après deux années à contrôler ses excès de colère – notamment en s'essayant aux sports de combat mais sans résultat – Isaac a littéralement craqué lorsque son vieux lui a passé un savon parce qu'il avait loupé un partiel. Ce soir-là, c'était un 12 mars, j'ai passé mes nerfs sur un chat errant.

Ce jour-là, ma véritable nature a pris le dessus et tout a basculé.

Une fois calmé et afin de démontrer à son père qu'il n'était pas un bon à rien, Isaac a décidé de se plonger dans les bouquins et de s'orienter vers des études scientifiques. L'année suivante, il obtenait son diplôme avec mention très bien et entrait en prépa de médecine.

Durant les quatre années qui ont suivi, Isaac n'a fait que travailler dur afin d'être le meilleur et pouvoir choisir sa spécialisation : la traumatologie. Pourquoi ce choix me demanderez-vous ? Tout simplement car il voulait pouvoir connaître le plus de choses possible sur le corps humain et intervenir dans des situations d'urgence.

En réalité, s'il est complètement honnête avec lui-même, il voulait un métier respectable pour contrebalancer *ses* instincts déviants : sauver des vies alors que dans chacun de ses rêves, il imaginait faire la peau à des corps sans visage. Et ça a marché : pendant des années, il a gardé ses pulsions profondément enfouies en lui. Si loin, qu'il *m'avait presque oublié.*

Et puis un jour, alors qu'il avait les mains plongées dans le thorax d'une gamine de dix ans – qui suite à un règlement de comptes entre deux gangs rivaux, avait reçu une balle perdue – le cours des événements à basculer. Isaac se voit encore, les doigts autour du poumon de cette enfant, sans vie, morte malgré tous ses efforts déployés pour la sauver. À cet instant précis, une profonde haine s'est emparée de lui. Ce meurtre ne resterait pas impuni.

Même si les flics allaient faire tout leur possible pour retrouver le coupable, il savait très bien que ce salopard allait s'en tirer à bon compte. Le Maine n'a pas la peine de mort, le salaud aurait été condamné à une peine de prison à vie mais avec les appels et les révisions de procès, on sait tous comment ça se passe. Alors, l'air de rien, Isaac a fait un tour dans les boxes où se trouvaient les petites merdes qui avaient indirectement causé la mort de cette gamine – mais n'en étaient pas moins responsables. C'est fou tout ce qu'on peut découvrir quand on y met *les moyens*.

Le premier mec – un Afro-Américain d'une vingtaine d'années – *m'a* répondu par un sourire mauvais avant de me dire d'aller *me* faire foutre. Étrangement, lorsque *je* me suis emparé d'une seringue vide et que *je* l'ai insérée dans son cathéter, il a immédiatement changé d'attitude.

Même chose avec le second petit con. En moins d'une demi-heure, *je* savais que le fautif s'appelait Dwayne Edwards.

Dwayne Edwards fut le premier d'une longue série de meurtres irrésolus. Justice avait été faite. Une justice divine. Et j'en étais le bras armé, tel un archange.

Depuis, je me vois comme L'Ange de la mort et ça me plaît. Depuis huit ans, Isaac canalise toutes ses mauvaises ondes en me laissant exprimer sa violence sur des personnes qui l'ont méritées – même si à nous, elles ne nous ont jamais rien fait.

Clémence Lucas

Combattre ses pulsions et sa vraie nature n'est pas une mince affaire pour Isaac mais je crois bien qu'aujourd'hui, même si nous sommes en permanence sur un fil, nous avons réussi à trouver notre équilibre. Mais cela nous demande de ne jamais rester trop longtemps au même endroit et d'être les plus méticuleux possible.

Aujourd'hui, Isaac a rendez-vous avec le responsable de l'unité de traumatologie du Cottage Hospital à Santa Barbara afin de visiter le service et rencontrer l'équipe avec laquelle il va travailler. Dans quelques jours, il prendra ses fonctions et une nouvelle routine va doucement s'installer.

Contrairement aux préjugés sur les meurtriers, nous sommes assez sociable et à chaque emménagement, nous nous faisons facilement des amis même si au départ, les hommes se sentent souvent menacés par notre simple présence. Il est vrai que je ne peux nier avoir un physique plutôt agréable : grand, blond, yeux bleus, corps musclé, bonne situation, salaire conséquent. En résumé, nous sommes un bon parti. Mais une fois que les mecs se rendent compte que nous ne cherchons pas à leur voler la vedette, instantanément, les tensions s'apaisent et laissent place à une franche amitié.

Entre *son* métier, *mes* activités externes et nos déménagements à répétition, Isaac n'a pas vraiment le temps d'avoir de petites amies. Bien sûr, nous ne sommes pas des moines et ne sommes pas contre une bonne partie de jambes en l'air mais cela n'est vraiment pas notre priorité. Lorsque le manque de sexe et que les plaisirs solitaires ne suffisent plus, il va dans un bar, ramène une nana dans son appart et nous la baisons sans ménagement. Le lendemain, notre routine reprend son cours et ça nous va bien… très bien, même.

Nous ne regrettons pas nos actes, n'avons aucun remord et s'ils étaient à refaire, nous les referions tous sans exception. La chose devient moins aisée lorsqu'il s'agit d'éliminer une femme. Isaac a grandi bercé par l'amour de sa mère – du moins, lorsque son père n'était pas dans les parages. S'il était déjà arrivé à son vieux de lui hurler dessus ou le cogner jusqu'à plus soif pour le remettre dans le droit chemin, jamais, il ne l'a entendu hausser le ton ni lever la main sur sa mère. Alors, même si en fervents catholiques, ils lui ont également inculqué le célèbre *tu ne tueras point*, notre condition profonde nous en empêche. Nous avons besoin de passer nos nerfs sur quelqu'un, d'entendre les os se briser, sentir l'odeur du sang mais aussi de la peur, voir la vie disparaître du regard de nos victimes mais Isaac s'est toujours imposé une ligne de conduite : ne jamais faire de mal à un innocent.

Pour en revenir à nos charmantes compagnes, j'ai beaucoup plus de mal à les exécuter. Leurs pleurs se transforment toujours en sanglots incontrôlables, leurs cris de désespoir sont des crèves tympans, leur maquillage dégouline sur leur visage et elles ressemblent alors à des poupées mal entretenues… D'ailleurs, depuis que j'ai remarqué ce détail, la première chose que je fais une fois qu'elles sont attachées sur ma table, est de les démaquiller : problème résolu. Cependant, même si ce détail est réglé, lorsque je leur assène le coup de grâce, nous… non, *Isaac* a l'impression qu'une infime partie de lui-même s'éteint avec elles. Alors, il essaie un maximum d'éviter de les traquer et ne le fait seulement quand leurs pêchés sont atroces.

Si vous saviez ce dont elles sont capables, cela vous glacerait le sang et vous me remercieriez d'être intervenu !

Toutes les personnes que j'ai tuées – trente-trois au compteur – n'ont eu que ce qu'elles méritaient. Pédophiles, tueurs, violeurs, dealers ont rejoint le chemin de l'enfer et si Lucifer existe, je suis certain qu'il doit bien s'amuser avec eux, maintenant qu'il a repris la main.

ISAAC

J'arrive à mon rendez-vous à l'hôpital avec quinze minutes d'avance et vais me présenter à l'accueil. Une certaine Maggie – âgée d'une quarantaine d'années et infirmière en chef – se fait une joie en m'accompagnant visiter les lieux et m'amène jusqu'au bureau du Directeur. Durant le trajet, elle ne cesse de me poser des questions – essentiellement sur ma vie privée – et glousse comme une écolière à chaque fois que je lui souris.

C'est assez amusant de voir l'effet que j'ai sur les femmes. Si tant est que ça m'intéresse.

Nous arrivons à destination et elle me laisse seul, non sans avoir insisté lourdement sur le fait de ne surtout pas hésiter à venir la trouver si j'ai besoin d'une aide quelconque.

J'ignore ses sous-entendus et attends que le Directeur m'invite à entrer. J'ouvre la porte sur un homme d'âge mûr, cheveux entièrement blancs, taille moyenne, corps entretenu… Au premier abord, il ressemble à mon père. Seulement, le sourire chaleureux qu'il m'adresse n'atteint pas son regard et lorsque je lui serre la main, une étrange sensation me traverse le corps. Je ne saurais définir d'où me vient cette impression mais mon nouveau patron ne m'inspire pas confiance.

D'un geste, il m'invite à m'asseoir sur l'un des fauteuils de cuir – qui ont dû ressembler à quelque chose dans les années quatre-vingt – tandis que lui-même s'installe à nouveau derrière son bureau.

— Bonjour, Isaac. Vous permettez que je vous appelle par votre prénom…

Il ne me laisse pas répondre et enchaîne :

— … bon, je dois avouer que j'ai été très étonné de recevoir votre candidature. Vous semblez avoir la bougeotte et je cherche quelqu'un sur le long terme. Néanmoins, j'ai contacté vos deux derniers employeurs et chacun m'a chanté vos louanges. Vraisemblablement, vous êtes un sacré élément et tous les deux vous regrettent au sein de leur équipe. Alors, dites-moi, Isaac, pourquoi ne tenez-vous pas en place ? Pourquoi devrais-je vous embaucher à la place d'un autre ?

Clémence Lucas

Je ne suis pas surpris par ses questions, je n'y ai jamais échappé à chaque nouvel entretien et comme à chaque fois, je reste calme. Je croise mes jambes, ma cheville appuyée sur mon genou bougeant lentement et tandis que mon nouveau patron me dévisage en attendant ma réponse, je ne cille pas une seconde et lui offre mon plus beau sourire, sûr de moi.

— Parce que, comme vous venez de le signaler, je suis le meilleur dans mon domaine. Oui, j'aime visiter notre cher pays en déménageant régulièrement mais lorsque je travaille au sein d'une équipe, je m'investis corps et âme. Je ne dis pas que les autres prétendants à ce poste ne sont pas bons, seulement qu'ils ne m'arrivent pas à la cheville.

— Vous êtes sacrément prétentieux pour un jeune de votre âge.

— Avec tout le respect que je vous dois, Monsieur, j'ai trente ans et j'ai passé l'âge de chercher l'approbation de mes confrères. Je suis le meilleur chirurgien traumatologue que vous n'ayez jamais encore compté au sein de votre hôpital et c'est pour cela que vous allez m'embaucher.

Nous nous jaugeons pendant plusieurs secondes puis un immense sourire éclaire le visage du Directeur et cette fois, ses yeux pétillent.

— Je vous aime bien, Isaac. Mes prédécesseurs m'avaient prévenu que vous êtes un homme qui ne mâche pas ses mots et vous êtes à la hauteur de votre réputation. En revanche, ici au Cottage Hospital, nous sommes une famille et il est hors de question que vos collègues se sentent inférieur, car vous avez un ego surdimensionné.

J'éclate franchement de rire et ancre mon regard au sien.

— Vous m'avez demandé pourquoi vous deviez m'embaucher, j'ai seulement répondu de la manière la plus honnête qui soit. Cependant, jamais vous ne m'entendrez me vanter auprès de mes collègues. Lorsqu'ils m'auront vu à l'œuvre, ils me respecteront et comprendront d'eux-mêmes que je suis le meilleur. Je n'ai pas besoin de me faire mousser, mon travail parle pour moi.

— J'ai hâte de vous voir à l'œuvre ! Bien, maintenant que nous sommes d'accord, Maggie va vous conduire au Responsable RH pour signer votre contrat.

— OK et je commence quand ?

— Le plus tôt sera le mieux, nous manquons de personnel en ce moment, avec les vacances d'été.

— Je peux être là dès demain.

— Parfait.

Nous nous levons en même temps et après une franche poignée de main, je retourne au rez-de-chaussée rejoindre Maggie pour la suite de ma visite guidée et finaliser mon embauche.

Même si au départ, le Directeur me semblait louche – il était seulement inquiet de savoir s'il embauchait la bonne personne pour son hôpital.

Je crois bien que je vais me plaire ici.

ASSASSIN

24

Chapitre 2

Aymie

Putain de bordel de merde !

Ce putain de psychopathe commence sérieusement à mettre mes nerfs à rude épreuve ! À chaque fois qu'avec mon équipe, nous pensons nous rapprocher de L'Ange de la mort, celui-ci se volatilise sans laisser de trace derrière lui.

Ce type est un mystère.

Depuis que je suis sortie avec les honneurs de Quantico et que j'ai intégré l'équipe du FBI de Sacramento, j'ai été assignée au dossier *L'Ange de la mort* – comme a été surnommé le dernier tueur en série toujours dans la nature. Pourquoi ce nom ? Tout simplement car il s'est révélé que toutes les victimes avaient une particularité, celle d'être impliquées dans la mort d'autres personnes.

Alors, même si ce psychopathe pense qu'il rend justice, je crois sincèrement que c'est bien plus profond que ça. J'ai passé d'innombrables heures à étudier cet homme sans jamais avoir réussi à l'identifier. Tous ses meurtres sont méticuleux, ses victimes sont soigneusement lavées à la javel pour effacer les traces avant d'être rhabillées, les blessures sont nettes et pré-cises, les corps sont toujours déposés dans des endroits straté-giques – souvent en rapport aux victimes vengées – et jamais il n'a commis d'impair. Nous ne savons pas exactement à com-bien s'élève le nombre de ses victimes mais à ce jour, nous en avons dénombré vingt-six en huit ans. Au fond de moi, je suis sûre que ce chiffre est bien loin de la réalité et cela me terrifie.

Oui, je sais, je suis un agent spécial du FBI, je ne devrais pas avouer que ce type me fout la trouille mais c'est la véri-té. Qui sait combien de personnes il va encore tuer jusqu'à ce qu'on l'arrête ?

Du moins, si on y arrive un jour.

Non, il fera une erreur. Peut-être pas aujourd'hui, ni de-main, ou encore la semaine ou le mois prochain, mais un jour, il commettra une faute et on l'aura. Les criminels font toujours une connerie soit parce qu'ils ne font pas attention – dans ce cas-là, il s'agit plutôt d'amateurs – soit parce qu'ils sont trop confiants. Dans tous les cas, un jour où l'autre *L'Ange de la mort* fera une boulette et je me ferai une joie de l'arrêter ou de lui mettre une balle entre les deux yeux.

Clémence Lucas

Les deux cas me conviennent très bien.

Je vous laisse imaginer l'impact médiatique que crée ce psychopathe autour de lui. À chaque nouveau meurtre, nous essayons de garder l'affaire secrète le plus longtemps possible, afin que ces vautours de journalistes ne viennent pas divulguer d'informations primordiales qui gêneraient l'investigation. Malheureusement, il y a toujours une fuite et la plupart du temps, Allison McAllistair arrive la première sur les lieux.

Cette femme est une véritable fouine et elle idolâtre un peu trop notre tueur en série à mon goût. Elle semble systématiquement lui trouver des excuses et pardonner ses gestes car il s'en prend à des personnes qui, selon les codes établis, le méritent.

À mon avis, elle est complètement cinglée !

— Dixon !

Je lève la tête de mon dossier et regarde le Directeur Adjoint qui me dévisage tandis que mon Chef fulmine. Nous sommes en salle de réunion et en plein débrief mais je n'ai absolument pas écouté ce que vient de nous dire notre boss. De toute façon, à quoi bon ? Depuis maintenant un mois, notre tueur en série préféré n'a pas donné signe de vie et notre enquête est toujours au point mort.

— Chef ?

— Putain, Dixon, t'as encore rien écouté ! Tu fais chier à la fin, on ne va pas répéter à chaque fois parce que mademoiselle est dans la lune !

— Sans vouloir vous manquer de respect, à quoi bon perdre notre temps en rabâchant les mêmes choses ? On n'avance pas. On piétine même. Ce type s'amuse avec nous. Il pense à tout, a systématiquement un coup d'avance et il ne laisse rien au hasard.

— Si tu as une information dont nous n'avons pas connaissance, je ne saurais trop te suggérer d'en faire profiter le reste de l'équipe au lieu de roupiller.

— Peut-être que nous ne cherchons pas au bon endroit. Peut-être que notre profil n'est pas le bon et que c'est pour ça qu'il nous glisse entre les doigts ?

— On était tous d'accord, Dixon : c'est un marginal, peut-être qu'il a essayé d'être flic ou médecin et qu'il n'a pas réussi, il a certainement tué des animaux avant de s'en prendre aux humains. Il est intelligent – sinon il serait déjà dans le couloir de la mort – et il doit certainement vivre dans un camping-car, afin de traverser le pays quand il le veut et continuer à semer la mort derrière lui.

— Et s'il ne l'était pas ? Si c'était monsieur tout le monde ? Père de famille respecté, travailleur, bien sous tous rapports ? Nous avons peut-être écarté trop tôt cette hypothèse. Ça fait maintenant quatre ans que je bosse sur cette affaire et je crois qu'il est temps que nous changions de stratégie.

— À commencer par un nouveau profil ? demande-t-il

d'un air dubitatif.

— Exactement. Nous devons reprendre depuis le début !

Brexton, Ward, Patterson, Harper, Hawkins et Johns me regardent comme s'il m'était poussé une deuxième tête et je les comprends. Cette affaire me tape sur le système. Toutes les nuits, je suis hantée par les cadavres laissés par *L'Ange de la Mort*, je revois tout par flashes et chaque matin, je suis encore plus fatiguée que la veille.

Les six derniers mois ont été particulièrement éprouvants : notre assassin a enchaîné les victimes en commettant cinq meurtres en cinq mois. Habituellement, son cycle est plus lent et il laisse passer plus de temps entre chaque mort afin de ne pas éveiller les soupçons. C'est comme s'il faisait exprès de se brûler les ailes pour qu'on se rapproche.

Parfois, je me dis qu'il n'aime pas être celui qu'il est et que c'est pour cette raison qu'il a changé son mode opératoire. J'en viens même à penser qu'il espère secrètement qu'on le retrouvera pour l'empêcher de commettre d'autres atrocités. Car oui, nous pouvons parler d'atrocités. Dans le meilleur des cas, les corps sont habillés et en apparence intacts – jusqu'à ce qu'on enlève leurs vêtements – mais dans d'autres cas… Comme pour Dwayne Edwards… Je n'étais encore qu'à Quantico quand il y a eu cette affaire, mais j'en ai tellement entendu parler, lu tous les rapports et questionné mes coéquipiers, que je connais le dossier sur le bout des doigts.

Dwayne s'était fait voler vingt kilos de cocaïne par une

bande rivale, les Panthers. En guise de représailles, lui et deux de ses hommes sont allés dans le quartier de leurs ennemis et ont ouvert le feu sur la maison de leurs rivaux. Malheureusement, ils étaient tous défoncés et n'ont pas fait attention à la petite Shannon, dix ans, qui rentrait de l'école à pied et qui était presque arrivée chez elle. La pauvre gamine a pris une balle perdue. Les médecins ont tout tenté pour sauver la fillette mais c'était déjà trop tard : la balle avait perforé le poumon. La pauvre gamine est morte à l'hôpital.

Une semaine après, Dwayne Edwards a été retrouvé devant la maison de Shannon. Son corps était coupé en morceaux, son visage lacéré minutieusement, les ongles des mains et des pieds arrachés, ainsi que sa langue. Son bourreau a même pris la peine de lui crever les yeux. Après autopsie, il s'est avéré que toutes les blessures avaient été infligées *ante mortem*, ce qui signifie que non seulement Dwayne était conscient quand il a été torturé mais aussi qu'il a agonisé pendant plusieurs heures avant de se vider entièrement de son sang.

— Donc, qu'est-ce que tu as en tête, Dix ?

— Il n'est pas marginal et je n'arrive pas à comprendre pourquoi on s'est entêtés à suivre cette piste alors qu'on avait tout sous le nez. Pour mutiler une personne de cette façon, sans qu'elle meure, il faut des connaissances ainsi que les outils nécessaires. Je crois que nous avons fait fausse route et qu'au contraire, c'est non seulement, une personne active dans notre société mais en plus il sait ce qu'il fait. C'est peut-être un flic, un ambulancier, un pompier, un avocat, un médecin. Il exerce forcément un métier qu'il peut pratiquer n'importe où et pour lequel il peut avoir une mutation ou retrouver facilement un poste.

— OK, mais dans ce cas, comment veux-tu qu'on le retrouve ? Tu imagines combien il y a de postes de police dans tous les États-Unis ? Ou encore d'hôpitaux ou de cliniques privées ? De casernes…

— C'est bon, Hawkins, j'ai compris mais… Tu as une meilleure idée ?

Mon partenaire me lance un regard furieux et passe une main nerveuse dans ses cheveux. Visiblement agacé, le boss se lève et se dirige vers l'immense baie vitrée de la salle de réunion. Pendant quelques secondes, il contemple la vue sans dire un mot. Alors qu'il pose sa main sur la fenêtre, je remarque la tension de ses muscles sous sa chemise et devine qu'une tempête couve.

— OK, tout le monde, dit-il en se retournant brusquement, on va tous prendre une bonne inspiration et reprendre nos esprits. Dixon a raison sur un point : ce mec se fout de notre gueule. Alors peut-être que nous allons avoir un boulot monstrueux pour mettre la main sur ce connard de psychopathe mais ce n'est pas en restant le cul sur nos chaises et en campant sur nos positions que nous allons y arriver ! Je crois que l'idée de Dixon n'est pas mauvaise. Essayons d'explorer d'autres pistes. Harper et Johns, regardez ce que ça donne du côté des pompiers et des paramédics. Brexton et Mason, occupez-vous des médecins. Dixon et Hawkins, vous regardez du côté des avocats et moi, je vais me renseigner auprès de mes collègues de l'IAB[1].

Le Directeur Adjoint termine son discours en tapant du poing sur la table puis nous nous levons tous d'un même mouvement et nous mettons immédiatement au travail.

Cela fait trop longtemps que ce fou passe entre les mailles du filet ! Il est temps que ça change !

---

1   IAB :Bureau des affaires internes

Chapitre 3

AZRAEL

L'air frais de la nuit emplit mes poumons et je me sens en parfaite harmonie avec ma nature profonde. Enfin, tout serait encore mieux si l'abruti qui est attaché sur la table pouvait arrêter de pleurer comme un bébé.

J'en ai vu des bien moins baraqués que lui mieux résister à la douleur. C'est quoi trois ou quatre doigts en moins ?

Mesdames et Messieurs, ce soir, vous avez l'honneur d'être aux premières loges pour me voir réparer les erreurs de la loi des hommes et appliquer la justice divine. Avec la bénédiction de Dieu, je vais exécuter Jenkins, quarante-deux ans, divorcé, père de deux garçons – Scott et Jason, sept et neuf ans – propriétaire d'un bar, où l'on ne propose pas uniquement des boissons alcoolisées mais aussi des jeunes filles âgées de huit à seize ans. Au-delà, elles ne lui sont plus d'aucune utilité et finissent criblées de balles.

Pauvre merde !

À cette pensée, une vague de colère s'abat sur moi et je m'empare du scalpel, pratique une entaille nette et profonde, juste pour m'amuser. Puis, une fois que j'en ai assez d'entendre Jenkins gémir, je m'attaque à sa main gauche et sectionne deux autres doigts à l'aide d'une pince coupante. L'enfoiré hurle de douleur alors que je sens tout mon être se détendre face à son agonie.

— Voyons, voyons, Jenkins. Je t'ai déjà dit que ça ne servait à rien de t'époumoner. Personne ne t'entendra ici.

Le visage blême, il me supplie de lui laisser la vie sauve mais il n'a rien compris : comme si j'allais l'épargner ! De plus, j'ai commencé mon processus et il a vu mon visage. Par ailleurs, je pourrais mettre du ruban adhésif sur ses lèvres pour qu'il arrête ses jérémiades mais si pour certains tueurs, entendre les plaintes de leurs victimes leur donne des remords, dans mon cas, cela résonne comme une douce mélodie et me donne envie de continuer à le titiller juste pour voir la peur envahir son regard.

Le jeu ne fait que commencer.

Je repose mon outil sur la deuxième table et contemple pendant quelques minutes le spectacle. Le *grand* Peter Jenkins a perdu de sa superbe. Il pleure comme une fillette et un sourire né sur mes lèvres : j'ai trouvé ce que je vais faire de lui.

J'attrape ma scie chirurgicale à air comprimé pneumatique, la mets en route et m'approche de son pied gauche. Au moment où la lame touche sa peau, Jenkins hurle comme un cochon qu'on égorge et essaie de se débattre. J'émets un claquement de langue agacé, éteins mon outil et lève les yeux vers lui.

— Hey ! Tu vas mettre du sang partout ! Arrête de bouger. Mets un peu de bonne volonté !

— Pitié, pitié, pitié…

Je reporte mon attention sur sa cheville et grimace en voyant que l'entaille n'est pas régulière.

— Et voilà ! Par ta faute, je vais devoir couper plus haut !

Je remets en route ma scie. Le craquement de son tibia sous la lame se mêle au rugissement de douleur de Jenkins. Lorsque je sépare les deux moitiés de sa jambe, ce dernier tourne de l'œil.

Petite nature…

Cela fait deux mois que nous sommes arrivés en Californie, deux mois pendant lesquels Isaac combattu ses pulsions et que je n'ai touché personne du moins, jusqu'à aujourd'hui. Il y a un mois, Isaac a eu sur sa table d'examen une des survivantes de ce connard de proxénète. L'un de ses hommes de main a mal fait son boulot en laissant pour morte Michelle, âgée de seize ans et un jour. Son erreur : ne pas avoir vérifié que son travail était bien exécuté.

Cette fille est une force de la nature, une véritable combattante. Elle est restée à se vider de son sang pendant plusieurs heures avant qu'un SDF ne la remarque et interpelle une patrouille de police. À l'hôpital, elle a eu une chance inouïe de tomber sur Isaac et son équipe. Après plusieurs heures au bloc opératoire, ils ont réussi à lui sauver la vie.

Ensuite, il l'a veillée toute la nuit puis au petit matin, lorsqu'elle s'est réveillée, les flics sont venus l'interroger. *Je* me suis arrangé pour rester caché dans le couloir de l'hôpital et *j*'ai écouté Michelle leur raconter son histoire. À la fin de son récit, *j*'avais une nouvelle cible : Peter Jenkins.

Je devais agir vite pour ne pas que les poulets lui tombent dessus les premiers. J'ai quitté le Cottage Hospital et suis allé faire un tour dans son bar de merde. À l'entrée, se trouvaient deux gardes du corps qui m'ont inspecté de la tête aux pieds et m'ont barré la route.

— Désolé, mon gars, vous vous êtes trompé d'endroit, me dit le plus grand des deux.

— J'ai besoin de voir votre patron.

Clémence Lucas

Les colosses éclatent de rire et tandis que l'un me montre son flingue caché sous sa veste en guise d'avertissement, l'autre me pousse en arrière.

— Dégage, maintenant !

— Dîtes-lui que c'est à propos de ses filles, je suis certain qu'il voudra bien m'accorder quelques minutes de son temps.

Le gorille numéro 1 parle dans son oreillette et après quelques secondes, ils m'autorisent enfin à entrer.

Une fois à l'intérieur, je remarque qu'il n'y a pas beaucoup de clients à cette heure-ci et repère facilement le salopard dont l'heure a sonné – entouré de quatre gamines, trois hommes pour assurer sa sécurité.

Je dois me la jouer cool, le mettre en confiance pour qu'il croie que je suis là pour lui sauver la vie et pas la lui ôter.

— Monsieur Jenkins ?

Ses hommes de main se dressent devant moi, armes au poing et le truand m'offre un sourire carnassier en croisant ses bras sur son torse.

— Vous avez un sacré culot de vous pointer là, jeune homme !

— Je devais vous parler.

— Vous avez dit avoir des informations sur mes filles, je me trompe ?

— Absolument pas. Je sais que vous ne me connaissez pas, Monsieur, mais moi, oui. Et si je suis venu ici, c'est pour vous dire que vos hommes ont fait un véritable boulot de merde avec Michelle…

Je le regarde pendant de longues secondes et lorsque j'aperçois une étincelle dans ses yeux – signe que j'ai désormais toute son attention – je continue :

— La petite est vivante.

À cette révélation, le connard se crispe imperceptiblement. Cependant, il joue la carte de l'innocence.

Comme si un mec comme lui pouvait me la faire à l'envers. On n'apprend pas au vieux singe à faire la grimace et j'excelle dans l'art de cacher mon jeu.

— Je ne vois pas de quoi vous parlez, jeune homme. Les accusations que vous portez à mon égard sont entièrement déplacées.

Sérieusement ? Il est entouré de quatre mineures et il ose me dire que je me trompe ? J'aurais tout entendu !

J'éclate de rire, pousse l'un des colosses qui me barrent le passage et m'assois en face du patron. J'attrape un verre vide sur la table et me sers tandis que tous les yeux sont braqués sur moi.

Clémence Lucas

C'est maintenant que tout se joue.

Lorsque je repose la bouteille de whisky, je la fais chavirer *accidentellement* et le liquide ambré coule sur le truand. Furieux, il se lève d'un bond en proférant des injures. Les filles se précipitent sur lui pour l'aider à s'essuyer tandis que ses hommes de main regardent la scène sans bouger. Je profite de cette agitation pour verser discrètement et rapidement dans le verre du mafieux une forte dose de potassium puis je me cale confortablement dans le fond de ma banquette avec mon verre à la main avant que l'agitation ne retombe.

Jenkins me fusille du regard, attrape sa boisson et la boit cul sec. Je dissimule un sourire en buvant à mon tour avant de reprendre mon petit jeu.

— Figurez-vous que j'étais au Cottage Hospital quand les flics sont venus interroger Michelle. Je suis resté caché dans le couloir et j'ai tout entendu. Vous êtes cuit, Jenkins, si vous voulez mon avis. Ce n'est qu'une question d'heures avant qu'ils ne déboulent ici, un mandat à la main.

— Pourquoi me dire tout ça ? Qu'est-ce que vous avez à y gagner ?

— Un service, réponds-je calmement.

— Quel genre ?

— Je ne sais pas encore mais le jour où j'aurais besoin de vous, vous répondrez à mon appel et vous ferez ce que je vous demande.

— Et si je vous liquidais, là, maintenant ? Vous croyez vraiment que vais rendre une faveur à un parfait inconnu ?

— C'est vrai que vous pouvez opter pour cette solution… Néanmoins, si je meurs, vos hommes ne pourront plus rien pour vous dans les minutes qui vont suivre.

— Qu'est-ce que ça veut dire ?

— J'ai mis une puissante dose de potassium dans votre verre.

J'entends le cliquetis caractéristique des flingues qu'on arme et tous les hommes de main me mettent en joue mais je n'y prête aucune attention et continue :

— Si je ne vous donne pas le médicament pour contrer ses effets, vous allez bientôt faire une crise cardiaque. Je ne suis pas suicidaire, monsieur Jenkins, je savais très bien que vous alliez menacer ma vie étant donné ce que vous faites à ces pauvres gamines. Je devais prendre mes précautions. Aucun de nous n'a à mourir – *du moins pas aujourd'hui.*

L'homme pose une main sur sa poitrine et en un instant, la panique envahit son regard.

J'ai gagné.

— Très bien, monsieur…

— Appelez-moi, Azraël[2]…

— OK, Azraël. Je vous promets de répondre favorablement à votre requête mais donnez-moi l'antidote.

D'un mouvement fluide, je me redresse et lui offre la petite fiole contenant la molécule inversant les effets du potassium et lui sourit.

— À bientôt, Jenkins. Messieurs.

Je salue les molosses, narquois, puis traverse le bar miteux et sors. J'ignore complètement les deux gorilles à l'entrée qui ne me quittent pas du regard jusqu'à ce que j'arrive à ma voiture. Je sais que ce soir, j'ai joué à un jeu dangereux mais j'en connaissais les risques. Ce n'est ni la première et certainement pas la dernière fois que j'use de cette tactique pour arriver à mes fins.

Pendant le reste du mois, je cherche la meilleure planque possible et jette mon dévolu sur un entrepôt désaffecté à plus de trois heures de route de Santa Barbara dans un coin complètement paumé. Une fois prêt, j'envoie un texto à Jenkins et il tient sa parole. Il me remercie de l'avoir prévenu de l'arrivée des flics et accepte de me voir dans un café à une heure de mon point de chute.

2   Dans certaines traditions hébraïques, musulmanes et sikhes, Azraël était le nom donné à l'ange de la mort.

ASSASSIN

Ma supercherie m'ayant permis de gagner la confiance de Jenkins, je lui demande de laisser ses gardes du corps dans la voiture, chose qu'il accepte sans sourciller. Après tout, avec moi, il ne risque rien, non ? Nous nous installons au fond du café, près de la sortie de secours. Là où nous sommes, ses molosses ne peuvent pas nous voir et nous serons déjà loin quand ils remarqueront l'absence de leur boss.

La partie la plus difficile est de convaincre Jenkins de me suivre derrière le bâtiment, où se trouve ma voiture. Mais à force de baratin, il cède. J'adore jouer avec la paranoïa des truands : il suffit de leur laisser croire que peut-être leurs proches pourraient les trahir et hop ! Emballé, c'est pesé.

À l'instant où il pose un pied dehors, je lui mets un coup de taser dans les côtes pour l'immobiliser puis, je pose un tissu imbibé de chloroforme sur son nez et le rattrape juste avant qu'il ne tombe au sol. Je mentirais si je disais que je le jette dans mon SUV sans aucun effort vous avez déjà essayé de soulever un poids mort ? Quoi qu'il en soit, après quelques minutes, le tour est joué !

Le grand Peter Jenkins ne sera bientôt plus de ce monde.

Je reprends mon scalpel et sans jamais quitter des yeux ma victime, je m'amuse à le faire tournoyer à quelques centimètres de sa peau. Depuis qu'il a repris conscience et qu'il a compris que je passe à la vitesse supérieure, la peur dans son regard s'est muée en effroi. Avec un sourire prédateur, je commence à lacérer sa peau. Quelques coups vifs, précis, douloureux mais absolument pas mortels. Juste des entailles sur la surface. Ça saigne, ça brûle. Je pense que je dois me rapprocher de la douleur qu'ont ressentie ces pauvres filles lorsqu'on leur a pris de force leur virginité. Je pourrais lui rendre la pareille en le violant avec n'importe quel objet – un couteau serait le mieux pour qu'il souffre davantage – mais je ne fais pas partie de ce genre de sadique. Je prends mon plaisir en ôtant la vie à ceux qui ne méritent pas d'être encore de ce monde, cela me convient amplement.

Dans un regain d'énergie ou appelons plutôt ça, la force du désespoir, Jenkins essaie encore de m'intimider alors qu'il ne lui reste plus longtemps à vivre.

— Mes hommes vont te retrouver et te buter !

— Tss, tss, Jenkins. Tes hommes sont stupides mais peut-être pas aussi idiots que tu ne le croies. Les flics sont à ta recherche et de toi à moi, ils te retrouveront bientôt mort, ce n'est qu'une question de temps. Donc, soit tes gorilles partent à ta recherche et à la mienne, au risque de se faire choper par la police et passer leur vie au trou, soit, ils sont malins et changent d'État. À ton avis, en combien de temps ils vont tous te lâcher ?

— Mes… mes fils…

— Seront plus en sécurité une fois leur pourriture de père décédé ! D'après ce que je sais, ils sont heureux au Kansas avec leur mère et son nouveau mari. Je suis certain que tu ne leur manqueras pas.

Et le voilà, le coup de grâce. La résignation remplace la terreur dans son regard. Il sait que c'est la fin.

Fier de moi, je recule d'un pas et regarde la table où sont disposés tous mes outils. *Sur quoi vais-je jeter mon dévolu ?* Sans réellement réfléchir, j'attrape d'abord l'aiguille de dix centimètres… Ce soir, Peter Jenkins mourra de la même façon que Dwayne Edwards.

Voilà ce qu'il en coûte de s'attaquer à des pauvres gamines sans défense.

Les hurlements de douleurs apaisent les battements de mon cœur et la satisfaction que justice est rendue irradie mon corps à mesure que j'observe la mort qui pose son linceul sur Jenkins.

Chapitre 4

Aymie

— Il a recommencé !

Je relève la tête de mon ordinateur et regarde mon équipier qui vient de raccrocher son téléphone.

— Je viens d'avoir un appel du commissariat de Santa Barbara. Ce matin, ils ont retrouvé le corps du mafieux Peter Jenkins. Il était en cavale depuis bientôt un mois.

— Où a-t-il été retrouvé ?

— Dans une ruelle.

— Comment ?

— En morceaux. Apparemment, il a été tué de la même façon que Edwards.

— Donc, notre victime a fait du mal à un ou des enfants. On sait que *L'Ange de la mort* a plusieurs modes opératoires en fonction du crime commis par ses proies.

— Si tu veux mon avis, *Dixie*, je me demande parfois pourquoi on traque ce mec. Il ne fait qu'exterminer des monstres.

Hawkins est mon coéquipier depuis mon premier jour et c'est le seul à me donner un surnom. Au FBI, tous les agents s'appellent par leur nom de famille mais James et moi sommes devenus rapidement amis – et même quelques fois *sexfriends* – et à part quand il y a toute la cavalerie, il ne m'appelle jamais Dixon. Mon prénom est Aymie mais à part les membres de ma famille et mes amis, personne au boulot ne m'appelle ainsi.

— C'est mal, Hawkins. S'il veut rendre justice à toutes ces personnes, il fallait qu'il fasse comme nous et intègre les forces de police ou le FBI. Notre système repose sur des lois et celle du Talion n'en fait pas partie. Je crois profondément en notre justice et c'est pour cela que j'exerce ce métier, James. Et toi aussi, je me trompe ?

— Non, tu as raison. Pourtant, au fond de moi, je crois que ce type est peut-être seulement un paumé et pense faire le bien.

— Il a peut-être des idéaux mais contrairement à toi, je suis certaine que ce mec sait ce qu'il fait. Il est loin d'être paumé.

— En tous cas, même si on n'est pas d'accord, tu sais ce que ça signifie ?

— Qu'on part pour Santa Barbara !

J'attrape mes dossiers et mon smartphone, range mon ordinateur portable dans sa pochette puis Hawkins et moi allons dans le bureau du Directeur Adjoint afin de lui révéler les dernières avancées de l'enquête. Cela fait déjà trois mois que nous faisons du sur place mais quelque chose me dit qu'aujourd'hui, nous faisons un bond en avant. Hawkins a tort de croire que notre tueur en série est perdu. Néanmoins, une part de moi pense qu'il en a marre de se battre avec sa vraie nature et qu'il aimerait se faire choper.

Si seulement il pouvait nous laisser un indice, même insignifiant...

Quatre heures plus tard, après avoir déposé nos bagages à l'hôtel, nous sommes accueillis par le Colonel Sainclair et nous présente le Capitaine Cox, en charge des opérations. Même si certains membres du bureau de police locale semblent nous regarder de travers, Cox paraît plutôt content de nous voir arriver car les affaires impliquant des tueurs en série sont toujours très délicates à élucider. Ici, les rapports de criminalité indiquent que les flics ont plus souvent affaire à des vols, des viols ou des agressions – un seul meurtre recensé l'année dernière – et sont dépassés au regard du mode opératoire d'un psychopathe aussi rusé et intelligent que *L'Ange de la mort.*

Bon d'accord, malgré notre entraînement et les moyens mis en œuvre, ce taré sillonne toujours les rues…

Nous suivons le Capitaine jusqu'à la salle de réunion située à l'étage du bâtiment et tout le monde prend place autour de la table tandis que Hawkins et moi restons debout devant le paperboard. J'attends que le silence se fasse avant de prendre la parole.

— Bonjour à tous. Je suis l'Agent Spécial Dixon et voici l'Agent Spécial Hawkins. Nous sommes chargés de vous apporter notre concours dans votre enquête puisque nous connaissons votre assassin. Il s'agit d'un tueur en série que nous nommons *L'Ange de la mort* car toutes ses victimes sont elles-mêmes des délinquants ayant commis des crimes violents : meurtres, viols, pédophilie et j'en passe. Cet homme est doté d'une très grande intelligence : il peut se fondre dans la masse, passer inaperçu. D'autre part, il est patient et méticuleux. Pour une raison que nous ignorons, il est capable de rester de très longues périodes sans tuer. Nous avons donc conclu qu'il fonctionnait selon des cycles. Lorsqu'il en entame un, nous ne pouvons pas déterminer d'avance combien de victimes il sèmera sur son passage.

— Cela fait maintenant huit ans que notre équipe le traque et à chaque fois que nous nous rapprochons, il se volatilise dans la nature, renchérit mon partenaire.

— Si cela fait huit ans que vous essayez de l'attraper, je

crois que vous faites mal votre métier, rétorque un officier sur un ton sarcastique.

Touché !

— Notre métier, nous le faisons consciencieusement mais son terrain de jeu ne se limite à un état ou une ville. Il s'amuse à traverser tout le pays, abandonnant un nombre plus ou moins important de corps derrière lui. Les victimes ne sont pas reliées entre elles mais nous savons à chaque fois que c'est lui, grâce à son mode opératoire. Il a une marque de fabrique, sans vouloir faire de mauvais jeu de mots : les victimes sont des criminels, leurs yeux sont crevés, leurs doigts coupés et des preuves de tortures sont révélées à l'autopsie, mettant en avant un côté sadique évident chez notre homme.

— Comment savez-vous que L'Ange de la mort est un homme ? demande un détective.

— Comme nous venons de vous le dire, il est organisé et ne laisse rien au hasard. Cela va certainement vous paraître sexiste et cliché mais plusieurs raisons font que nous sommes sûrs qu'il s'agit d'un tueur de sexe masculin : d'abord, la faible proportion de femmes tueuses en série. Ensuite, la plupart des cas des meurtres commis par des femmes sont plus brouillons puisqu'elles agissent souvent sous le coup de la passion, ex-plique Hawkins.

Sans attendre, je reprends la parole.

— Il y a trois mois, notre cible se trouvait dans le Dakota

et je suis certaine que nous tenions quelque chose. Nous nous rapprochions, je pouvais le jurer mais encore une fois, il a disparu.

— Comment voulez-vous qu'on le retrouve s'il est insaisissable ? Vous connaissez les statistiques des crimes de notre ville juste pour cette année ? 1 meurtre. 78 viols, 77 vols et 235 agressions. Comment voulez-vous qu'on puisse vous aider ?

— Parce que vous connaissez votre ville, votre état, la population, vos voisins. Vous êtes ceux qui pourront voir si quelque chose cloche par rapport à d'habitude. Nous sommes ici pour apporter un regard à la fois neuf et ancien sur cette affaire. Si chacun y met du sien, nous sommes certains que nous pouvons le coincer. En revanche, je vous demanderai de rester le plus discret possible. Je ne veux aucune fuite dans la presse. Certes, nous pensons qu'il s'agit de L'Ange de la mort mais nous n'avons pas besoin d'inquiéter toute la population. Je compte sur chacun d'entre vous pour qu'on mette cet enfoiré sous les verrous pendant longtemps.

Je regarde mon coéquipier s'adresser à la brigade d'une voix calme et sûr de lui. D'ordinaire, je suis celle qui apaise les tensions et qui temporise la situation mais depuis le Dakota, mon envie d'attraper ce salopard est devenue viscérale et nos rôles se sont inversés.

J'essaie de me tempérer un peu en me mettant en retrait et laisse mon partenaire finir le débriefing tandis que je prends connaissance du dernier rapport d'enquête concernant Peter Jenkins.

Clémence Lucas

D'après les premiers éléments, toutes les blessures ont été infligées *ante mortem* et selon le médecin légiste, Jenkins a agonisé pendant plus d'une heure avant de rendre son dernier souffle.

Je tente de visualiser la scène, de ressentir ce qu'a pu ressentir notre meurtrier psychopathe en ôtant la vie de cette pourriture et l'espace d'une poignée de secondes, je comprends. Cela doit être tellement libérateur de savoir qu'on a envoyé six pieds sous terre un monstre ! C'est exactement ce que j'ai éprouvé, la première fois où j'ai tué un criminel. Même si ça m'a beaucoup perturbé et que j'en ai fait des cauchemars pendant de nombreux mois, je sentais que j'avais accompli quelque chose de grand… de vrai… de juste…

Je vous rassure, je ne suis pas une putain de psychopathe sadique, je ne compte pas virer de bord du jour au lendemain. Je préfère cent fois être du bon côté de la barrière et savoir que je fais tout ce qui est juste pour aider les victimes.

Et je compte bien attraper ce fils de pute !

ASSASSIN

Chapitre 5

Isaac

Rien de tel qu'une bonne nuit pour être en forme le matin ! Après chaque apparition d'Azraël, je dors comme un bébé et me réveille d'excellente humeur. À peine levé, j'allume la télévision sur la chaîne infos et c'est sans surprise que je découvre la une des titres de l'actualité : L'Ange de la mort a encore frappé !

Je pose la télécommande et vais me préparer un café tout en écoutant d'une oreille, le journaliste relater les faits. C'est dingue tout ce que ces vautours peuvent sortir comme débilités. À les écouter, *Azraël* est un homme des cavernes, incapable de créer le moindre contact avec d'autres humains et par-dessus tout, *il* est un être démoniaque qu'il faut éliminer par tous les moyens.

ASSASSIN

Sur ce coup-là, ils ont probablement raison !

Une fois ma dose de caféine ingurgitée, j'éteins la télévision et vais me préparer. Quinze minutes plus tard, je suis dans mon SUV, la musique à fond et me dirige vers l'hôpital. Lorsque j'arrive et coupe le contact, je remarque immédiatement un 4x4 noir, typique des Feds et un léger sourire se dessine sur mes lèvres.

Avec un peu de chance, l'Agent Aymie Dixon fera partie de l'aventure.

La première fois que j'ai croisé l'Agent Dixon, elle était venue m'interroger concernant Jackson Wagner – un pédophile. J'avais collaboré – en omettant bien évidemment mon implication dans ce crime – et j'avais trouvé l'Agent Spécial super canon : grande – environ un mètre soixante-douze – blonde, yeux verts avec dans l'iris une minuscule particule d'or et un corps de rêve.

Aussi, lorsque je sors de mon véhicule et que j'entre dans l'hôpital, je regarde immédiatement autour de moi, à la recherche de l'Agent Sexy.

Malheureusement, je ne la vois pas et me retrouve nez à nez avec Maggie. Depuis mon premier jour, l'infirmière en chef me tourne autour tel un vautour et ne remarque pas que je ne suis absolument pas intéressé.

— Bonjour, Isaac. Comment ça va, aujourd'hui ? demande-t-elle en battant exagérément des cils.

— Ça va, merci, Maggie.

J'attrape les dossiers laissés dans ma bannette, afin de prendre connaissance des cas dont je vais devoir assurer le suivi, puis je tourne les talons en direction des vestiaires des médecins. À l'intérieur, règne une ambiance étrange. Tous mes collègues sont en train de murmurer sur la présence des deux fédéraux qui sont en train de parler avec le directeur de l'hôpital et mon rythme cardiaque s'accélère. Non pas que la peur envahit tout mon être, non, loin de là même ! Seulement l'adrénaline qui court dans mes veines. Même si j'ai terriblement envie de revoir l'Agent Dixon pour qu'elle envahisse à nouveau mes rêves intimes, je sais que je risque gros lorsqu'elle va me reconnaître car même si elle voit des centaines de personnes, je suis certain qu'elle me remettra au premier coup d'œil.

Une fois ma blouse mise et mon stéthoscope passé autour du cou, je sors de la pièce et vais aux urgences. Dès l'instant où je pose un pied dans mon service, je n'ai plus le temps de penser à rien d'autre qu'à mes patients qui arrivent. On vient de nous signaler un énorme carambolage, dénombrant une petite dizaine d'accidentés et toute mon équipe est sur le pied de guerre.

ASSASSIN

— Il est en arrêt !

— Passez-lui une dose d'épinéphrine et préparez le chariot de réa !

Wendy, l'infirmière qui travaille sous mes ordres se dépêche d'injecter le liquide dans le cathéter de notre patient tandis que je continue de pratiquer un massage cardiaque. Je vérifie le moniteur qui ne montre toujours aucune amélioration et attrape les palettes.

— On dégage !

Toute l'équipe recule d'un pas et je mets en route les électrochocs.

— Toujours rien, doc !

— Augmentez la charge à 200 ! On dégage !

Le corps inanimé du jeune garçon âgé de seize ans se soulève de la table avant de retomber lourdement et tout le monde retient son souffle jusqu'à entendre le bip régulier du moniteur.

— On a un pouls ! C'est bon, on le monte au bloc ! Bipez le Dr Chase, on va avoir besoin de lui pour s'occuper de ce problème d'arythmie.

Alors que les infirmières font sortir le patient de notre box, j'enlève mes gants, les jette dans la poubelle à déchets prévue à cet effet et me dirige vers la machine à café. Il me reste encore cinq heures de service et je commence à ressentir la fatigue de la nuit dernière. Je passe une main dans mes cheveux et souffle un bon coup alors que je choisis ma boisson mais ma respiration se bloque dans ma gorge lorsque j'entends la voix derrière moi.

— C'est une perte de temps, Hawkins. Chaque seconde que nous passons avec les membres du personnel hospitalier en sont autant de perdues sur la recherche de L'Ange de la mort.

— Dixon ! Ça suffit !

— Ce n'est pas parce que je t'ai laissé prendre les rênes des opérations au poste de police que tu es mon boss, Hawkins ! Tu sais très bien que j'ai raison.

— Je sais surtout que si tu continues sur cette voie, tu vas tout droit vers la mise à pied ! Et je n'ai franchement pas envie de me retrouver avec Mason ou Brexton en partenaire.

— Tout ça parce que tu ne peux pas coucher avec eux quand tu es en mission !

Je me retourne à l'instant où l'Agent Spécial Dixon termine sa phrase et qu'Hawkins lève les yeux au ciel. Je leur adresse un hochement de tête et tente de passer entre eux pour repartir bosser mais l'Agent Sexy me barre la route.

— Dr Wolfe ? Isaac Wolfe ?

Qu'est-ce que je disais, déjà ?

— Agent Dixon ! Ça fait un bail !

Je lui tends la main et elle me la serre sans jamais détourner le regard.

— Je vous croyais sur la côte Est ! La dernière fois que nous nous sommes vus, c'était à Greenville, non ?

— C'est exact, Agent ! Quelle mémoire !

— Avec mon métier, c'est normal… Donc, maintenant, vous êtes là…

— Depuis bientôt deux mois, oui.

Son partenaire me dévisage, le regard dur – et je suis certain que cela n'a aucun rapport avec son affaire étant donné la conversation que je viens d'entendre. Dixon, quant à elle, m'observe avec un léger sourire aux lèvres. Je sais reconnaître le désir quand je le vois et là, clairement, avec ces étincelles dans les yeux, ma petite Agent du FBI crève d'envie de moi.

Soudainement à l'étroit dans mon pantalon, je prétexte une intervention urgente pour partir et mes deux « visiteurs surprise » s'écartent pour me laisser passer. Je n'ai pas besoin de me retourner pour savoir que tous deux ne me quittent pas des yeux, je sens suffisamment le poids de leurs regards derrière mon dos.

Je ne pense pas que l'Agent Spécial Dixon me croit lié à tous ces meurtres mais maintenant qu'elle va pouvoir me placer sur deux états, elle va peut-être vouloir creuser un peu plus sur moi. Alors, sans réfléchir, je la hèle avant de tourner au fond du couloir.

— Agent Dixon ?

— Dr Wolfe…

— Si vous restez suffisamment dans les parages, j'aimerais beaucoup vous inviter à prendre un verre, un de ces soirs.

— Je ne sais pas, Dr Wolfe… Je suis ici…

— Pour le boulot, je le sais mais vous devez bien vous reposer de temps en temps, non ?

— Effectivement…

— Dans ce cas, je suis certain que vous avez conservé mes coordonnées. J'ai toujours le même numéro de téléphone, vous n'avez qu'à me laisser un message…

Je n'attends pas qu'elle me réponde et me remets en marche, prenant à gauche dans le long couloir qui me mène jusqu'aux urgences. Mon rythme cardiaque s'emballe, mes mains deviennent moites, je viens de franchir une nouvelle étape dans mon mode de fonctionnement. Je viens de m'ouvrir une porte directement dans la bergerie et je ne dois pas faire d'impair. À moi de me montrer encore plus méticuleux que je ne l'étais déjà si je ne veux pas que l'Agent Spécial Dixon me mette derrière les barreaux ou pire, une balle dans la tête.

Je ne sais pas pourquoi, mais je sens que ce petit interlude va me plaire… beaucoup…

ASSASSIN

Chapitre 6

Aymie

— Tu vas accepter ?

Je tourne la tête en direction de mon partenaire qui observe avec un regard haineux l'endroit où a disparu le Dr Wolfe.

— Si ça peut nous servir dans notre enquête, peut-être.

— Je me rappelle de lui, moi aussi. Ce type est imbu de sa personne et pue le narcissisme à plein nez !

— C'est la même chose, Hawkins ! Je pense juste que ce mec est déconnecté de la réalité. Il enchaîne les gardes et a un taux de réussite impressionnant par rapport aux autres médecins avec lesquels il bosse.

— Il a pu changer. Ça fait quoi ? Trois ans qu'on l'a vu la première fois, non ?

— Quatre et avec l'ambition dont il faisait preuve alors même qu'il n'avait pas trente ans, tu crois sincèrement qu'il a changé ?

— Non, certainement pas mais il y a quelque chose qui ne me plaît pas chez ce mec.

— Et tu vas me faire croire que ça n'a aucun rapport avec le fait qu'il me draguait déjà il y a quatre ans ?

Hawkins ne me répond pas et appuie rageusement sur le bouton pour commander sa boisson tandis que je glousse face à sa réaction démesurée. OK, nous sommes partenaires et parfois amants – il faut bien passer le temps et nous n'avons pas toujours la possibilité de faire des rencontres – mais il n'a jamais été question d'une quelconque relation sérieuse entre nous. Par conséquent, si je veux m'envoyer en l'air avec le beau docteur canon, ce n'est pas lui qui va m'en empêcher.

Pas question !

Cependant, je trouve cela étrange de retomber sur le Dr Wolfe. Je me rappelle encore notre première rencontre comme si c'était hier et il a fait partie d'un grand nombre de mes rêves érotiques pendant les mois qui ont suivi. Comment pourrait-il en être autrement ? Il faudrait être une nonne pour ne pas remarquer le charme de ce mec.

Clémence Lucas

Il doit mesurer environ un mètre quatre-vingt-cinq, blond, yeux bleus, un corps à se faire damner et un sourire capable d'embraser instantanément votre petite culotte – j'exagère à peine. Un véritable Apollon en blouse blanche.

Le fantasme de n'importe quelle fille normalement constituée !

J'accepte le café que me tend mon partenaire puis je le suis jusqu'à la sortie de l'hôpital où nous récupérons notre 4x4. Nous avons fini d'interroger le directeur et avons réussi à lire le dossier de la victime de Jenkins et nous avions vu juste. Cet enfoiré était un proxénète, doublé d'un pédophile qui tuait ses gamines lorsqu'elles étaient devenues *trop* âgées. La jeune Michelle a eu vraiment beaucoup de chance de s'en tirer et elle doit son salut à ce cher Dr Wolfe.

Le contraire m'aurait étonné !

Le Dr Wolfe est le meilleur dans sa catégorie et je me rappelle qu'il avait sauvé in extremis Judith Patton lorsqu'elle était arrivée à l'hôpital. Selon ses collègues, sans lui, la gamine n'avait aucune chance de s'en sortir.

Alors que James conduit sans me jeter un regard, j'attrape mon smartphone et sur un coup de tête, envoie un message.

```
Moi : Je ne serais pas contre un verre.
```

ASSASSIN

Le sachant occupé à l'hôpital, je n'attends pas de réponse et m'apprête à remettre mon téléphone dans ma poche quand il se met à vibrer.

Isaac Wolfe : Demain soir. 21 heures. Chez moi. Je suis certain que vous trouverez rapidement l'adresse, Agent Spécial Dixon.

Chez lui ?

Je relis une deuxième fois le message et alors qu'habituellement, je serais choquée par sa proposition, aujourd'hui, cela m'amuse. Généralement, lorsque les hommes savent que je suis un Agent du FBI, ils se sentent castrés et n'osent plus m'aborder alors, la réaction du Dr Wolfe me fait l'effet d'une bouffée d'oxygène.

Moi : Défi relevé. À demain, Dr Wolfe.

Cette fois, je range mon smartphone sans qu'il ne se mette à vibrer et tourne la tête vers mon coéquipier qui me dévisage du coin de l'œil.

Clémence Lucas

— Un problème, Hawkins ?

— Je te l'ai déjà dit : je n'aime pas ce mec, Aymie.

— Et moi, je t'ai déjà dit plus d'une fois que j'étais capable de faire mes propres choix. Je n'ai pas besoin de ton autorisation, James.

J'insiste sur son prénom – puisqu'il vient également de m'appeler par le mien – en croisant les bras sous ma poitrine et ses doigts blanchissent autour du volant. Sa bouche s'ouvre mais il la referme aussitôt et au lieu de me répondre, il allume la radio – coupant court à notre conversation.

Le reste du trajet se passe dans un silence de mort et je déteste cette situation. La première fois que j'ai couché avec Hawkins, je savais que je faisais une erreur mais nous venions de passer une semaine difficile et avions tous les deux besoin d'évacuer la pression. Ensuite, c'est devenu une habitude. Aujourd'hui, je pense que James commence à s'attacher à moi alors que je ne vois en lui que mon équipier et un plan cul.

Un très bon plan cul.

Le sexe avec James est fantastique. Il sait ce qu'il fait et il ne manque jamais de me faire jouir. Mais à côté de ça, malgré son mètre quatre-vingt, son sourire communicatif, sa belle gueule et ses muscles, nous n'avons rien en commun hormis l'envie d'améliorer notre monde en traquant des psychopathes. Je ne ressens aucun sentiment amoureux à son égard mais à la place, un profond respect et de l'amitié. Et visiblement, cela ne lui

65

suffit plus.

Hawkins gare notre véhicule devant l'hôtel où nous avons réservé nos chambres et au moment de sortir, mon téléphone vibre à nouveau. Je le sors de ma poche et souris en lisant le message.

```
Isaac Wolfe : Je n'en attendais pas moins
de vous, Agent Spécial Dixon. À demain.
```

James claque violemment la porte du 4x4 et entre dans l'hôtel au pas de course alors que je ne suis toujours pas descendue du véhicule. Je le regarde s'éloigner et secoue tristement la tête. Il va falloir que j'aie une conversation avec mon partenaire et si je ne veux pas que la situation ne dégénère, le plus tôt sera le mieux.

Chapitre 7

Isaac

Je ne pensais pas qu'il serait aussi facile de faire accepter l'Agent Spécial Dixon à boire un verre, encore moins de la faire venir chez moi. Je m'attendais à une réponse offusquée par mon audace et qu'elle botte en touche – j'avais même prévu un plan B – mais pas à ce qu'elle accepte sur-le-champ.

Décidément, cette Agent me plaît de plus en plus.

Si je l'ai invitée à se joindre à moi autour d'un verre, c'est avant tout dans l'espoir de lui soutirer des informations sur l'évolution de l'enquête qui me concerne, même si je ne serais pas contre passer du bon temps en sa charmante compagnie.

ASSASSIN

Garde tes amis près de toi et tes ennemis plus près encore[3].

Et pour cela, ce soir, je serai le parfait Dr Isaac Wolfe, bienveillant, chaleureux et laisserai loin derrière moi Azraël – du moins le temps de ce rendez-vous informel.

Enfin, je ne vais pas m'attarder plus longtemps sur mes états d'âme, il faut que je range ma maison avant l'arrivée de notre très cher agent spécial.

Il serait désobligeant qu'elle trouve un indice chez moi.

À vingt et une heures précises, la sonnette de la maison retentit. *Pile à l'heure.* Je me lève du canapé, me détends le cou pour chasser mes tensions et vais ouvrir la porte. Je reste un instant sans voix : l'Agent Spécial Dixon est carrément canon ! Elle a lâché ses cheveux bruns qui tombent sur ses épaules nues dévoilées par sa robe rouge. Mon regard descend sur sa poitrine qui se soulève au rythme de sa respiration puis me rendant compte de ce que je suis en train de faire, je me focalise à nouveau sur son visage. Je déglutis avec difficulté alors qu'un sourire amusé se dessine sur ses lèvres.

Merde, grillé…

Je secoue la tête – tentant de chasser les images torrides

---

3   Sun Tzu, L'art de la guerre

qu'elle vient de provoquer dans mon esprit – et l'invite à entrer.

— Vous êtes resplendissante, Agent…

— Ce soir, je ne suis pas l'Agent Spécial, même si j'aime bien quand vous le prononcez. Je suis juste Aymie.

— Vous êtes resplendissante, juste Aymie.

Elle rougit, laisse échapper un léger rire et balaye l'air de la main.

— Merci, Isaac.

Donc, moi non plus, je ne suis pas le Dr Wolfe, ce soir. Intéressant.

Je referme la porte derrière elle puis l'Agent Spé… *Aymie* me suit jusqu'au salon et elle s'installe sur le canapé.

— Je peux vous proposer du vin, du whisky, de la vodka ou de la bière.

— Je ne vous imaginais pas amateur de tant d'alcools différents.

— J'organise souvent des soirées poker ici avec mes collègues de l'hôpital.

— Je ne vous voyais pas non plus faire ce genre de soirées.

— Je suis très intéressé d'entendre alors ce que vous pensez de moi, Ag… Aymie. Mais avant, si je vous servais ce verre ?

ASSASSIN

— Un whisky on the rock serait parfait, décide-t-elle.

J'acquiesce de la tête et me dirige vers le bar situé dans le coin du salon. Je remarque immédiatement qu'Aymie détaille les lieux. Grâce à mon salaire de médecin et mes dernières indemnités de fin de contrat, je peux me permettre de vivre dans le confort. Même si suis célibataire, ma maison fait une centaine de mètres carrés. Elle se compose d'un grand salon donnant sur la salle à manger, ouvrant elle-même sur la cuisine ornée d'un grand îlot central – à noter que contrairement à beaucoup d'hommes, j'adore cuisiner et me détends souvent derrière les fourneaux. Il y a également deux chambres et une salle de bains avec douche à l'italienne, baignoire d'angle et WC. Le tout, décoré avec soin par une professionnelle.

Je reviens vers Aymie, lui tends son verre et m'assois à ses côtés.

— À cette soirée, dis-je en levant mon verre.

— À cette soirée, répète-t-elle en trinquant.

Nous buvons tous deux une gorgée puis je fais tournoyer le liquide ambré dans mon verre tout en dévisageant Aymie.

— Donc… si vous me disiez ce que vous imaginiez ?

— La vérité ?

— La vérité.

— Je vous imagine être une personne narcissique, fier de

ses capacités, avec peu ou pas d'amis puisque vous n'êtes ici que depuis peu.

J'éclate franchement de rire et tape sur mon genou. *C'est tellement loin de la réalité.* Face à ma réaction, elle me regarde en fronçant les sourcils.

Je me calme aussitôt et lui offre un sourire.

— Vous marquez un point : je suis fier de mes capacités, c'est exact. Si aujourd'hui, j'en suis arrivé là, c'est grâce au fruit d'un dur labeur. Je n'ai pas à en démériter. En revanche, j'ai tendance à me faire facilement des amis ; les gens viennent plutôt facilement vers moi, voyez-vous. Je n'ai que trente-deux ans, je suis toujours célibataire car j'aime être seul, voir mes potes quand bon me semble, faire la fête, jouer aux cartes…

— Eh bien ! Pour un profiler du FBI, on dirait bien qu'avec vous, je me suis trompée sur toute la ligne.

— Vous êtes déçue que je ne sois pas un tueur en série ?

— Certainement pas ! Si c'était le cas, je devrais vous arrêter.

Ça, tu peux toujours courir !

— Je vous rassure, Aymie, je suis un chirurgien traumatologue tout à fait respectable. Avec moi, vous ne craignez rien.

Vous faites partie des gentils… comme moi… ou pas…

ASSASSIN

—Je sais, Isaac. Je me souviens de votre engagement à sauver des vies et d'ailleurs je dois dire que je suis impressionnée par votre parcours : c'est assez rare d'être chef d'un service de traumatologie, si jeune.

Je hoche la tête face au compliment. Mais je ne l'ai pas fait venir pour cela.

— Assez parlé de moi ! Et si vous m'en disiez plus sur vous ?

Elle m'offre un sourire gêné.

— Vous connaissez mon prénom et mon métier. Pour le deuxième point, la plupart des hommes ne m'aurait pas invité à prendre un verre.

—Je ne suis pas la plupart des hommes.

—J'avais remarqué.

— Et votre enquête ? Elle avance ?

— Vous savez bien que je ne peux rien vous dévoiler.

— Ça valait le coup d'essayer.

Je bois cul sec le reste de ma boisson et effleure volontairement ses cuisses en me réinstallant confortablement après avoir reposé mon verre sur la table.

— Pourquoi mon enquête vous intéresse ? demande-t-elle en plissant les yeux.

— Par pur égoïsme. Je me disais que plus vous tardez à attraper votre suspect, plus resterez longtemps à Santa Barbara et plus j'aurais de chance de vous revoir.

— Qui vous dit que j'aurai envie de vous revoir après cette soirée ?

J'ancre mon regard au sien et du bout des doigts, caresse son bras. Aussitôt, il se couvre de chair de poule et la respiration d'Aymie s'accélère.

— Ça, murmuré-je en avançant vers elle.

Nos lèvres ne sont plus qu'à quelques centimètres, ma main s'arrête sur son poignet où je sens son pouls battre à tout rompre et voyant qu'elle ne me repousse pas, je l'embrasse. Je passe une main derrière sa nuque et tout en attrapant ses cheveux, j'approfondis notre baiser en mêlant ma langue à la sienne. Nos souffles ne font plus qu'un et Aymie laisse échapper un gémissement. Ce son résonne à travers mon corps pour s'arrêter au niveau de mon sexe – à l'étroit dans mon jean.

Soudain, sans jamais cesser de m'embrasser, Aymie s'assoit sur mes genoux et commence à se frotter contre mon érection, court-circuitant instantanément mes neurones. Je passe une main entre nos deux corps et écarte son string que je découvre trempé d'excitation. Grognant contre ses lèvres, elle se recule et tout en me dévorant des yeux, elle commence à déboutonner mon pantalon. Même si je suis plutôt du genre dominant – *je suis certain que le contraire vous aurait étonné* – j'aime voir l'audace et l'assurance dont elle fait preuve en me déshabillant. De ses doigts habiles, elle descend mon boxer en même temps que mon jean, les laissant juste au-dessus de mes genoux et sans que je m'y attende, elle prend mon gland entre ses lèvres.

Putain !

Sa bouche me torture tandis qu'une de ses mains enserre mes couilles et je me sens soudain au Paradis mais si je ne veux pas que tout se termine avant même d'avoir commencé, je dois l'arrêter avant qu'il ne soit trop tard.

Je passe mes bras sous les siens et la soulève. Elle râle, se lèche les lèvres tout en m'adressant d'un regard torride et se ré-installe sur mon érection. Seul le fin tissu de son sous-vêtement nous sépare et il suffirait qu'elle ondule un peu trop pour que je me glisse en elle. Comme si elle entendait mes pensées, elle commence à se frotter et s'approche de mon visage en murmurant :

— Je suis clean et je prends la pilule.

— Pareil.

Elle glousse et je la fais taire en attrapant sa lèvre inférieure entre mes dents et applique une légère pression avant de la relâcher et d'apaiser la morsure par un baiser.

— Je suis clean, aussi.

Trop impatient à l'idée de la posséder, je remonte sa robe jusqu'à sa taille puis tire sèchement sur le string qui ne résiste

pas. À l'instant où elle sent mon gland à l'entrée de son intimité, d'un coup de reins, elle me prend tout entier et nous gémissons à l'unisson.

Il y avait bien longtemps que je n'avais pas eu de rapport
sans la barrière du latex et la sentir chaude et étroite me fait
perdre la tête.

ASSASSIN

76

Chapitre 8

Aymie

Putain de bordel de merde ! Je n'arrive pas à croire que j'ai pris mon pied avec le Dr Wolfe !

Je suis encore assise à califourchon sur Isaac, son sexe à moitié dressé dans mon intimité, les jambes tremblantes, ma tête posée au creux de son épaule. À bout de souffle.

Mais qu'est-ce qui m'a pris ? Je lui ai littéralement sauté dessus !

Soudainement gênée par ma témérité, je me dégage de ses bras et tente de me redresser mais Isaac me retient par les poignets.

— Aymie, parle-moi.

ASSASSIN

— Je suis désolée.

— De... quoi ? demande-t-il en me souriant.

— Je n'ai pas l'habitude de me jeter sur les hommes comme ça.

Il éclate de rire et d'un geste brusque, me plaque contre lui.

— Tu peux recommencer quand tu veux ! Je ne me plaindrai jamais que tu m'utilises de cette façon.

— Justement... Je travaille pour le FBI, je suis à la recherche d'un tueur en série depuis plus de quatre ans et je ne sais pas combien de temps je vais rester ici. Je ne suis pas sûre que ce soit une bonne idée que nous nous revoyions.

— Je crois, au contraire, que si nous nous revoyons, je serais une parenthèse bienvenue dans la traque de ton tueur fou.

— Je ne pense pas qu'il soit fou. En revanche, je crois qu'il se sent investi d'une mission.

Je me rends compte que je viens de lâcher un élément important dans mon profilage et détourne le regard.

— Rassure-toi, Aymie, je ne répéterai ça à personne mais je ne suis pas d'accord avec toi. Tuer un mec, le découper en morceaux, lui crever les yeux ? Si ce n'est pas l'œuvre d'un fou, je ne m'y connais pas !

— Tu me sembles bien au courant de toute cette affaire,

dis-je en le dévisageant, soudainement suspicieuse.

— Ce n'est pas souvent qu'il y a un meurtre dans le coin ! Ça a fait la une des journaux et en plus, j'ai soigné la victime de la victime de ton assassin.

Je hoche la tête, sa réponse est convaincante.

— C'est vrai.

Je pose ma main sur sa joue puis effleure ses lèvres et me lève. Cette fois, il ne m'en empêche pas et je lui demande de m'indiquer où se trouve la salle de bains. Gentiment, il m'y escorte en me prenant la main et fais demi-tour arrivant au seuil, non sans avoir déposé un baiser sur le bout de mon nez.

Je retiens un cri de surprise lorsque je pousse la porte.

Cette pièce doit être aussi grande que ma chambre et ma cuisine réunies !

Je me regarde dans le miroir situé au-dessus de la double vasque et mon reflet me renvoie l'image d'une jeune femme qui vient d'avoir la séance de sexe du siècle. Mes lèvres sont gonflées, mes joues sont rouges, mes cheveux sont complètement en bataille et mon mascara a légèrement coulé.

Et dire que mon Apollon en blouse blanche m'a vue dans cet état !

Je nettoie les traces de maquillage puis essaie d'arranger ma chevelure. Après un rapide tour par la case toilettes, je retourne dans le salon. Isaac s'est de nouveau installé à la place qu'il occupait avant de m'accompagner à la salle de bains. Si je ressemble toujours à une folle après m'être rafraîchie, lui semble toujours aussi impeccable comme si rien ne s'était passé entre nous quelques minutes plus tôt.

Je lâche un soupir rêveur et me réinstalle à ses côtés.

J'attrape mon verre dont l'alcool est étonnamment encore froid et bois une gorgée.

— Je t'en ai resservi un autre, dit-il en me l'ôtant des mains et le reposant sur la table.

Il embrasse l'intérieur de mon poignet et me lance un regard brûlant.

— Je… crois que je vais y aller.

— Aymie…

— Écoute, Isaac, c'était sympa… vraiment, sympa, insisté-je en rougissant, mais je suis crevée et je…

— Je comprends, Aymie. Promets-moi juste que tu n'es pas en train de t'enfuir et que tu me recontacteras.

Il est médium ou quoi ?

— Je ne peux rien te promettre, Isaac. Ma vie… mon métier… c'est trop compliqué.

— Je ne te demande pas de me jurer engagement et fidélité, Aymie. Seulement de passer du bon temps entre adultes consentants lorsque l'occasion se présente.

— J'y réfléchirai.

Il relâche mon poignet – qu'il tenait toujours dans sa main – puis nous nous levons de concert. Isaac me raccompagne jusqu'à la porte d'entrée et avant de me laisser filer, m'embrasse une dernière fois, comme si sa vie en dépendait. C'est complètement à bout de souffle que je sors de sa maison et que je regagne ma voiture laissée sur le parking.

Jamais, avant aujourd'hui, je n'avais ressenti un désir aussi impétueux pour un homme et si je ne suis pas certaine de le revoir, c'est uniquement car je suis sûre que je pourrais en tomber amoureuse. Entre son métier et le mien, notre histoire a très peu de chance d'en devenir une et avec L'Ange de la mort toujours en fuite, je ne dois pas quitter mon objectif de vue : attraper ce salopard et l'enfermer pour de bon.

Ma vie amoureuse attendra…

Le lendemain, je retrouve mon coéquipier dans le hall de notre hôtel. Hawkins est toujours d'humeur massacrante et me salue d'un bref hochement de tête avant de sortir récupérer le 4x4.

ASSASSIN

Je le suis et entre dans le véhicule au moment où il démarre. Il me lance un regard en coin et se met à rouler sans
avoir prononcé un seul mot.

— Tu vas faire la tête encore longtemps ?

— Je fais pas la gueule ! répond-il sans lever les yeux de la
route.

— Je te connais, James.

— Arrête ça, *Aymie*. On n'est pas amis, tous les deux. On
est partenaires au boulot et quand tu as besoin de réconfort, tu
sais où me trouver. Mais tu ne me connais pas, sinon…

— Sinon, quoi ?

— Tu ne te serais pas tapé le toubib, hier soir !

— Je n'ai jamais dit que je me l'étais…

— Ne termine pas cette phrase. Aie un peu plus de respect
pour moi, OK ?

Je ne réponds pas et me mets à regarder par la fenêtre. Je
savais bien que cette discussion arriverait tôt ou tard mais dès
le matin au réveil… il vaut mieux que je prenne un café avant,
sinon je pourrais dire des choses que je regretterais sûrement.

Vingt minutes plus tard, nous arrivons au commissariat de
Santa Barbara où nous attend le Capitaine. Il nous apprend
qu'il vient de recevoir le résultat préliminaire de l'autopsie de

Jenkins et il y a des éléments qu'il aimerait nous montrer.

Nous le suivons jusqu'au bureau du médecin légiste et comme à chaque fois que j'entre dans ce type d'endroit, l'odeur des produits aseptisés me monte rapidement à la tête et je dois me retenir à mon partenaire pour ne pas perdre l'équilibre et m'écrouler de tout mon long sur le sol.

Pour un Agent Spécial, ça ferait mauvais effet !

Nous nous rassemblons autour de la table d'examen où sont disposés les membres de notre victime et le docteur nous fait son exposé. Pour le moment, rien de nouveau sous le soleil. Son rapport est identique à tous ceux que nous avons eus depuis que nous traquons L'Ange de la mort. Aucune empreinte digitale, aucun cheveu. Le tueur a utilisé divers objets : une aiguille pour crever les yeux, une pince coupante ou un objet s'y approchant pour sectionner les doigts, un scalpel pour pratiquer des entailles nettes et profondes avant de prélever les organes et une scie électrique pour démembrer sa victime. Je pourrais prendre la place du médecin et terminer son examen à sa place tellement je suis habituée aux horreurs commises par notre psychopathe.

— Vous savez, d'après ce que j'ai pu constater, votre tueur a une connaissance pointue en anatomie. Je pense que vous avez affaire à quelqu'un qui a loupé son diplôme de médecine et se sert de ses compétences pour tuer.

— Pourquoi faudrait-il forcément qu'il ait loupé son diplôme ? Ça ne peut pas être un vrai docteur ? demande

ASSASSIN

Hawkins.

— Le serment d'Hippocrate, ça vous dit quelque chose ? *Je promets et je jure d'être fidèle aux lois de l'honneur et de la probité. Mon premier souci sera de rétablir, de préserver ou de promouvoir la santé dans tous ses éléments.* Ce que fait votre tueur n'a rien à voir avec tout ce en quoi nous croyons.

— Nous avons déjà fait des recherches dans ce sens-là, mais n'avons rien trouvé.

— S'il ne l'avait pas passé aux États-Unis ? S'il avait loupé son examen au Canada ? Ou ailleurs ? m'interrogé-je en regardant mon équipier.

— Il faut demander à Patterson de faire une recherche. Je ne suis pas sûr que nous ayons regardé de ce côté-là.

Nous remercions le médecin légiste et retournons au PC de commandement. De là, nous contactons les autres membres de l'équipe restés à Sacramento et leur donnons les résultats de l'autopsie.

— OK, donc pour le moment, on en est toujours au même point, dit le Directeur Adjoint.

— C'est exact, Chef.

— Donc, si j'ai bien compris, il ne nous reste plus qu'à attendre son prochain coup. Nous savons qu'il a tué le 2 août, ce qui veut dire que dans moins de trois semaines, une nouvelle victime viendra s'ajouter à son tableau de chasse. À nous d'essayer de le trouver en premier.

— Sans vouloir vous manquer de respect, Chef, ça fait quatre ans qu'on essaie de le choper avant qu'il ne commette un autre crime.

— Vous croyez que je ne le sais pas, Hawkins ! Vous croyez que les hauts gradés sont contents qu'il y ait plus de vingt meurtres depuis que nous sommes sur cette affaire et que nous n'avons toujours rien ? Ma tête va finir par tomber si nous ne l'arrêtons pas.

— Nous ferons tout pour l'arrêter, Chef, rétorqué-je, motivée plus que jamais.

Je ne suis pas bête. Si le Directeur Adjoint est sur la sellette à cause de cette enquête, cela signifie forcément que toute l'équipe l'est aussi. Et même si je me suis toujours investie à cent pour cent dans cette affaire, je suis prête à mettre les bouchées doubles afin que chacun d'entre nous conserve son boulot.

Tiens-toi prêt, L'Ange de la mort, j'arrive et je ne compte pas te laisser me filer entre les doigts !

ASSASSIN

Chapitre 9

Isaac

— Heure du décès, 10 h 32.

Furieux, je jette ma paire de gants dans la poubelle et quitte la salle d'examen où gît le corps sans vie d'un jeune garçon, tout juste âgé de sept ans. Ce pauvre gamin a été amené aux urgences par son père qui nous a dit que, soi-disant, son fils était tombé dans les escaliers. Sauf que, je suis certain que ce connard l'a tabassé à mort. Il croit que je n'ai pas vu qu'il avait les phalanges fracassées ? Ou que ses yeux étaient injectés de sang ? Synonyme qu'il était encore en plein trip !

Cela fait seulement vingt et un jours que Jenkins n'est plus de ce monde et il n'est pas encore l'heure qu'Azraël revienne à la charge pourtant, je sens qu'il voudrait prendre le contrôle de la situation.

Ce n'est pas le moment. Ce n'est pas le moment.

Je me répète ce mantra tandis que je vais machinalement jusqu'à la salle de repos et que je dépose mes affaires dans mon casier. Ma journée n'est pas encore terminée, il me reste encore cinq heures à effectuer avant la fin de ma garde cependant, de légers picotements à la base de ma nuque m'indiquent que le début d'une migraine me guette. Je vais voir le responsable du service et lui dis que je ne me sens pas bien. N'ayant jamais refusé de faire des heures supplémentaires, ni même de venir travailler quand il manquait du monde, mon supérieur voit à ma mine qu'il vaut mieux que j'aille me reposer et me libère de mes obligations.

La minute suivante, je suis dans ma voiture, prêt à aller faire un petit tour de repérage.

Ce salopard ne s'en sortira pas à si bon compte.

AZRAEL

Quarante minutes plus tard, je me retrouve garé non loin du Franklin Park. C'est un quartier résidentiel relativement paisible et à cette heure de la journée, tous les habitants sont encore au travail. Une voiture de patrouille de police est stationnée devant la maison du jeune Stiles, je pense que les flics sont encore à l'intérieur pour vérifier les dires du père.

Je sais que je vais devoir rester ici, à attendre que les poulets disparaissent afin de pouvoir agir alors, je mets en route l'auto radio, choisis une chaîne de musique classique et m'installe confortablement dans mon siège.

Plus la patience est grande et plus belle est la vengeance[4]… Et ça, c'est mon domaine !

J'ai passé toute la journée à surveiller les allées et venues dans la maison ainsi qu'à faire le repérage des éventuelles caméras de surveillance dans le quartier.

En milieu d'après-midi, la mère du jeune garçon a été transportée à l'hôpital – la pauvre femme faisait une crise de nerfs, et hurlait comme un animal blessé. Le père regardait les ambu-

---

4   Citation de Massa Makan Diabaté, historien et écrivain Malien

lanciers l'emmener du pas de la porte, toujours complètement shooté – même de là où je suis, je pouvais voir ses mains trembler nerveusement et gratter son nez toutes les trente secondes.

Saleté de junkie !

Il est un peu plus de vingt et une heures, le quartier est redevenu calme, la nuit est tombée et la dernière personne présente avec mon martyr vient de quitter les lieux. Il est temps que je passe à l'action.

Je sors de mon SUV, récupère mon sac à dos dans le coffre, en sors la seringue que je cache dans la manche de mon hoodie et remonte l'allée menant à la maison. Normalement, mon plan est préparé longtemps à l'avance, Isaac prend le temps de faire sa petite enquête parallèle à celle des flics, apprend à connaître l'emploi du temps de notre victime mais aujourd'hui, j'ignore comment mais j'ai réussi à prendre le contrôle de la situation, rompant son cycle pour la première fois.

En fait, je pense que tout ça est la faute de l'Agent Spécial Dixon. Depuis ce moment passé ensemble, elle ne lui a plus donné signe de vie et même si elle l'avait prévenu, il est en rogne. Depuis le temps qu'il rêvait de la mettre dans son lit, cette étreinte a été bien trop brève à son goût. La frustration est à son paroxysme. Et comme à chaque fois que nous sommes dans cet état, sa colère prend une place prédominante dans son esprit et cette fois, me permet de reprendre les rênes.

Donc, si je suis ici, ce soir, c'est uniquement la faute d'Aymie. Bon, OK… Et de ce salopard d'assassin !

Je m'arrête devant la porte d'entrée, prends une profonde inspiration et frappe. J'attends pendant de longues secondes qui me semblent durer des minutes puis je me retrouve nez à nez avec ma proie.

— Vous ? s'étonne-t-il en me reconnaissant.

— Je peux entrer ?

— Non ! Je n'ai rien à vous dire ! Vous n'avez pas été foutu de le sauver !

J'y crois pas ! Il ose me faire ce coup-là !

— Je suis désolé pour votre fils, monsieur. Accordez-moi seulement cinq petites minutes et je vous laisse tranquille.

Le camé me regarde avec des yeux vitreux et tout en hochant la tête, ouvre la porte un peu plus et me fait signe d'entrer.

Tout en passant devant lui, discrètement j'ôte le capuchon de l'aiguille que je sors discrètement de ma manche et au moment où il me tourne le dos pour fermer la porte, je plante la seringue dans son cou et injecte le propofol. En quelques secondes, le junkie chancelle. Je passe mes bras autour de sa taille pour le retenir et le traîne jusqu'au salon où je le lâche sur le canapé.

OK. Phase 1 : terminée. Et maintenant ? Réfléchir avant d'agir. Évaluer toutes les options.

ASSASSIN

Habituellement, je règle mes affaires dans une planque qu'Isaac a longuement recherchée, loin de l'endroit où il vit, un endroit isolé comme le hangar dont il dispose à Palm Desert, où j'ai tué Jenkins. Là, je suis en territoire inconnu et je dois redoubler de vigilance pour ne pas laisser un seul indice derrière moi.

J'ouvre mon sac et en sors un calot, des protections pour chaussures, une paire de gants et une combinaison jetable. Ainsi, j'essaie au maximum de couvrir mes arrières. Une fois que j'aurai terminé ma mission, je brûlerai le tout pour ne pas laisser de traces.

J'ajuste le calot sur ma tête, fais claquer l'élastique des gants en les mettant et regarde le connard endormi. Normalement, je lui aurais fait subir tous mes sévices en étant réveillé mais à situation inattendue, disposition appropriée. Ce type ne saura jamais que j'avais prévu de le charcuter, de le faire souffrir et de me nourrir de ses cris de désespoir.

Dommage !

J'attrape ma trousse médicale et récupère un scalpel. Même s'il ne me voit pas, j'accomplis mon petit rituel en faisant tournoyer l'outil au-dessus du corps de ma victime. C'est le moyen que j'utilise pour l'effrayer mais également pour décider de l'endroit où la lame se posera en premier. Ce soir, mon crime ne respectera pas mon mode opératoire pour ce type de salopard. Alors, ce n'est pas parce qu'il ne sentira rien que je ne dois pas être un peu plus sauvage et imaginatif que d'habitude.

Cette décision prise, je laisse le démon qui sommeille en nous sortir de sa torpeur et abattre ses foudres sur sa proie.

Le lendemain matin, assis sur les marches de mon perron, j'admire le lever du jour.

Cette nuit, j'ai brisé plusieurs de mes codes et contrairement à ce que je pensais – à savoir être une personne psycho-rigide – il semblerait que j'adore le changement. Je ne m'étais plus senti aussi vivant depuis la toute première fois où j'ai commencé à tuer.

C'est revigorant !

Je termine de boire mon café, me remémorant par flash mes actes de la nuit, un sourire satisfait au coin des lèvres. Puis, je file prendre une douche avant d'aller prendre ma garde à l'hôpital.

Une journée banale peut alors commencer.

ASSASSIN

Isaac

Même si je me sens au meilleur de ma forme et de bonne humeur, je sais que je ne dois plus prendre de risque inconsidéré comme hier soir.

Azraël ne doit plus prendre les commandes sans que je l'aie autorisé.

J'ai peur qu'en succombant aussi facilement à mes pulsions, je laisse Azraël prendre le dessus. S'il existe, c'est uniquement pour pouvoir me calmer, pas pour qu'il l'emporte sur la seule partie de mon âme qui n'est pas pourrie et essaie de sauver des vies.

Je dois redoubler de vigilance et me remettre sur le droit chemin. Cela ne doit plus se reproduire.

Chapitre 10

Aymie

— Agents Dixon et Hawkins ! Venez voir ! Je crois que votre gars a recommencé !

Je regarde le Capitaine Cox se précipiter dans la salle de commandement et lance un regard intrigué à mon partenaire qui, visiblement, est autant sous le choc que moi.

En huit ans, jamais avant aujourd'hui, L'Ange de la mort n'avait tué quelqu'un sans respecter son mode opératoire. Cela ne fait pas encore un mois qu'il a exécuté Jenkins alors pourquoi aurait-il changé sa manière de fonctionner ? Qu'est-ce qu'a pu bien faire sa victime pour qu'il décide de rompre sa routine ? Ça ne peut donc pas être lui, c'est évident… non ?

Nous suivons le Capitaine et prenons place sur les fauteuils disposés autour de la table de réunion et découvrons, affichées sur le tableau, les photos prises sur la dernière scène de crime. Je constate avec effroi que ce meurtre ne ressemble pas à ceux perpétrer habituellement par notre assassin. Selon les premiers rapports des enquêteurs qui se sont rendus sur place, la victime a été tuée sur son canapé. Du sang – une quantité importante – a éclaboussé les murs, le sol… Jamais, jusqu'à aujourd'hui, L'Ange de la mort n'avait effectué une pareille mise en scène. C'est tout simplement terrifiant.

— Sans vouloir vous manquer de respect, Capitaine, les photos que vous nous montrez laissent à croire qu'il ne s'agit pas de notre homme, dit Hawkins après plusieurs minutes de silence.

— Pourtant, la victime a eu les yeux crevés, des entailles et s'est vidée de son sang ! C'est le même mode opératoire.

— Pas exactement, intervins-je. Notre homme n'aurait jamais tué sa proie à son domicile. Il n'a jamais été retrouvé ne serait-ce qu'une minuscule trace de sang en huit ans. Là… Ces photos me donnent la nausée !

Le Capitaine fronce les sourcils, apparemment peu convaincu par nos abnégations.

— Attendons les résultats du légiste pour nous décider. Nous verrons s'il s'agit bien de notre gars. Mais vous savez, Agent Dixon, en vingt ans de carrière, ici à Santa Barbara, je n'ai jamais eu deux crimes aussi rapprochés !

— Justement, notre homme tue toujours et j'insiste bien sûr *toujours* – à date fixe. Son premier meurtre était un 12 juillet, le prochain aurait dû être le 12 août. Or, hier, nous étions le 2 août. Ça ne colle pas. On passe à côté de quelque chose. Qu'est-ce qui nous manque ? C'est quoi l'élément déclencheur ?

— Le fils de la victime est mort le matin à l'hôpital, rétorque le Capitaine. Cela pourrait avoir un lien.

— Comment est mort le gamin ? demande Hawkins.

— Une mauvaise chute dans les escaliers.

— Une raison particulière de penser que le père l'y a poussé ?

— À vrai dire, le père a invoqué l'accident domestique mais je ne suis pas certain que ce soit vrai. C'est ce qu'il a répondu aux ambulanciers et à la patrouille qui est venue le voir à l'hôpital.

— Est-ce qu'une autopsie a été demandée sur le garçon ? demandé-je à mon tour.

— Je crois bien que oui.

— OK, il va falloir qu'on mette la main dessus et qu'on interroge tout le personnel hospitalier. Vous savez qui est le docteur chargé du patient ?

— Euh… Attendez, je vérifie sur mes notes. Je crois que le mec a un nom comme loup.

ASSASSIN

— Wolfe ? Le Dr Isaac Wolfe ? demande Hawkins, les sourcils froncés.

— C'est ça !

Mon coéquipier rapproche sa chaise de la mienne et me murmure à l'oreille :

— Je pense que tu devrais réviser ton jugement quant à tes partenaires sexuels, Dixie. Je le sens vraiment pas, ce toubib !

Je lève les yeux au ciel et décale mon fauteuil du sien, tout en vérifiant que les autres n'ont pas remarqué notre échange – cela pourrait être gênant. Mais à vrai dire, je suis assez déstabilisée par l'idée qu'il arrive malheur à une personne liée directement à un patient décédé sur la table d'opération d'Isaac.

Cela fait déjà trois fois…

Je tourne la tête vers Hawkins qui n'arrête pas de me scruter, comme s'il était en train de me profiler. Je lui fais un doigt d'honneur et reporte mon attention sur le tableau.

La scène qui s'offre à moi à des airs de mauvais film d'horreur et à cette seconde précise, il m'est impossible d'imaginer Isaac perpétrer un tel acte. Il vit pour sauver des vies par pour commettre ce genre d'atrocités.

C'est impossible !

Je me lève et m'approche pour examiner les clichés de plus près. Je sais que mon équipier est juste derrière moi, je sens sa présence dans mon dos, mais il ne prononce pas un mot.

Je me retourne vivement et lui fais face.

— Ce n'est pas Isaac ! marmonné-je entre mes dents serrées.

— Isaac, hein ? Je vois que, maintenant, ce n'est plus le Dr Wolfe. Ta relation avec lui t'empêche d'ouvrir les yeux !

— Ne dis pas n'importe quoi ! Je ne l'ai vu qu'une seule fois et je ne compte pas recommencer.

— Ça, c'est sûr car je ne te laisserai pas l'interroger.

— Pardon ?

— Ne fais pas ton offusquée. Si j'étais dans ta position, tu tiendrais exactement le même discours que le mien.

Sur ce coup-là, il n'a pas tout à fait tort.

— Peut-être que sur ce point, tu as raison. Mais nous avons déjà fouillé dans son passé et on a rien trouvé. À part que le mec aime voyager à travers le pays et qu'il s'investit à fond dans son rôle. Sauver des gens, c'est sa vie ! De toute façon, il a été lavé de tout soupçon, cesse de faire une fixation sur lui !

Hawkins pince les lèvres, pose une main sur mon épaule et se penche pour me murmurer à l'oreille.

— C'est moi ou toi que tu essaies de convaincre avec ton

discours, Aymie ? Car si tu veux mon avis, j'ai l'impression que tu ne crois pas à ce que tu dis. Tu devrais y réfléchir.

Et sans me laisser le temps de lui dire d'aller se faire foutre, il recule d'un pas et tourne les talons.

Mais quel enfoiré !

Une heure plus tard, Hawkins gare le SUV devant le Cottage Hospital et à peine a-t-il coupé le contact que je sors du véhicule.

Durant tout le trajet, mon partenaire n'a pas arrêté de me lancer des regards en coin et n'a pas desserré les lèvres. L'ambiance était tellement pesante que je suis soulagée d'être enfin arrivée.

Nous pénétrons dans l'enceinte de l'hôpital et allons nous annoncer à l'infirmière en chef – Maggie, si mes souvenirs sont exacts.

— En quoi puis-je vous aider ? demande-t-elle en ancrant son regard dans celui d'Hawkins.

Je m'apprête à prendre la parole mais je suis coupée dans mon élan par mon partenaire.

— Nous aimerions nous entretenir avec le Dr Wolfe.

— Il est avec un patient. Je peux lui dire de vous appeler quand il aura fini.

— Ce ne sera pas la peine, nous allons l'attendre ici.

— Je ne crois pas, non. Je n'ai pas envie que mes patients s'inquiètent en voyant deux agents du FBI attendre notre meilleur chirurgien traumatologue.

— Avec tout le respect que je vous dois, Maggie, cette décision ne vous appartient pas.

Chacun ayant décidé qu'il ne cillera pas en premier, mon partenaire et l'infirmière en chef se jaugent du regard pendant de longues secondes. Je reste là, à attendre que les tensions s'apaisent d'elles-mêmes, étant donné l'ambiance qui règne entre James et moi, il vaut mieux que je le laisse se débrouiller tout seul.

Finalement, Maggie lève les yeux au ciel, passablement excédée, mais capitule.

— OK, c'est d'accord. Vous allez attendre le Dr Wolfe, mais pas ici. Suivez-moi ! Je vais vous trouver un endroit pour patienter sans que vous effrayiez tout le monde.

— Merci.

Nous slalomons entre les brancards et le personnel hospitalier jusqu'à atteindre une petite salle de repos où seuls un lit gigogne et un petit bureau dans le coin meublent la pièce.

ASSASSIN

— Dès que le Dr Wolfe est disponible, je l'enverrai vous chercher.

— C'est très aimable de votre part, Maggie, lui répond Hawkins.

Sans autre cérémonie, l'infirmière quitte la pièce en claquant la porte derrière elle. Face à son caractère bien trempé et sa répartie, je souris et croise le regard – insondable – de mon équipier.

— J'aime beaucoup cette femme, dis-je pour détendre l'atmosphère.

— Ça m'étonne pas ! Elle est aussi caractérielle que toi !

— C'est peut-être ton comportement qui nous pousse à agir comme ça. Tu devrais méditer là-dessus au lieu de penser que le problème vient de nous !

— Je peux savoir ce que ça veut dire ?

— Qu'est-ce que tu m'as dit, plus tôt, déjà ? Ne joue pas à l'offusqué ! Tu as été désagréable au plus haut point et je m'étonne même qu'elle ne t'ait pas remballé plus méchamment.

— Je n'ai fait que mon boulot.

— Non, tu as laissé tes griefs contre moi l'emporter face à cette infirmière. Tu sais quoi, nous devrions peut-être mettre à profit les minutes que nous avons en attendant le Dr Wolfe. Si tu me balançais tout ce que tu as sur le cœur, James !

— Ce n'est pas une bonne idée, Aymie. Concentrons-nous sur cette affaire.

— Je crois au contraire que c'est une excellente idée. Tu me dis que c'est moi qui ne suis pas capable de mettre mes sentiments de côté, alors que tu en es tout aussi incapable. C'est un peu l'hôpital qui se fout de la charité, tu ne trouves pas ?

Hawkins me lance un regard noir et tel un lion en cage, commence à tourner en rond dans la pièce.

— OK, tu veux la vérité ? crache-t-il, furieux, en s'arrêtant devant moi.

J'acquiesce en hochant la tête et attends qu'il continue. Et, alors qu'il se penche en avant avec l'intention de m'embrasser, je suis incapable de faire le moindre mouvement pour l'en empêcher, choquée. Je m'attendais à ce qu'il me hurle dessus, pas à ce qu'il tente de me voler un baiser.

Alors qu'il n'est plus qu'à quelques minuscules millimètres de moi, la porte de la salle de repos s'ouvre brusquement et lorsque j'entends *sa* voix, je reprends mes esprits et repousse mon coéquipier.

Hawkins jure entre ses dents et se retourne vivement vers Isaac, se tenant fièrement dans l'encadrement de la porte, les sourcils froncés, la mâchoire serrée et les yeux lançant des éclairs sur mon partenaire.

ASSASSIN

À cet instant précis, l'ambiance est électrique, l'air tellement empli de testostérone qu'il m'est difficile de ne pas me sentir oppressée.

Seigneur, faites que la situation ne dégénère pas...

Chapitre 11

Isaac

— Je dérange ?

J'arrive pile au bon moment. Cet enfoiré d'Hawkins s'apprêtait à embrasser Aymie et si j'étais entré quelques secondes plus tard, je crois que j'aurais été incapable de ne pas lui foutre mon poing dans la gueule et il n'est pas question qu'Azraël pointe son nez devant deux agents du FBI.

Aymie se dégage violemment tandis que l'Agent Spécial Hawkins se tourne vers moi et me lance un regard noir auquel je réponds de la même façon. S'il croit m'impressionner, il se fourre le doigt dans l'œil.

— Dr Wolfe, je suis ravi de voir que malgré votre emploi du

temps surchargé, vous trouvez du temps pour nous.

— À vrai dire, je suis débordé et me serais bien passé de cette entrevue. Donc si vous pouviez vous concentrer sur ce qui vous amène et que vous en veniez aux faits, je pourrais retourner sauver des vies.

Hawkins lâche un rire amer et tout son corps crie qu'il aimerait me rentrer dedans.

— Sauver des vies, hein ? Pourtant, il semblerait que vous ayez encore perdu un patient hier, qui plus est, un jeune garçon !

Connard !

— Hawkins ! l'interpelle Aymie, d'une voix sèche.

— Ce n'est rien, Agent Spécial Dixon. Votre équipier a raison. J'ai perdu un patient hier mais aussi il y a trois jours et un autre encore, la semaine dernière. J'exerce une profession où je côtoie la mort bien plus souvent que je ne le voudrais et parfois, même en déployant tous les moyens à ma disposition pour essayer de les sauver, je n'y arrive pas. Je pense que vous devez connaître ce sentiment d'impuissance avec votre tueur en série, n'est-ce pas, Agent Hawkins ?

Alors que je lui souris de façon sciemment insolente, ses yeux lancent des éclairs et ma satisfaction augmente d'un cran. Aymie interrompt notre duel silencieux en s'interposant entre nous.

— Est-ce qu'il y aurait un autre endroit pour que nous puissions parler ?

— On peut aller à la cafétéria, j'en profiterai pour prendre un encas, je meurs de faim !

— Très bien, bonne idée. Allons-y.

Aymie passe devant moi et nos mains s'effleurent. Ce simple frôlement se répercute dans mes os et je retiens ma respiration quelques secondes avant de la suivre, Hawkins fermant la marche.

Quelques minutes – un cappuccino et un muffin – plus tard, nous nous installons à une table près des fenêtres, en retrait des autres personnes. Alors que les deux Agents du FBI m'observent, je bois tranquillement une gorgée de café et attends qu'ils se décident à parler. Bien évidemment, c'est l'agent Hawkins qui prend la parole.

— Êtes-vous au courant que le père de votre patient mort a été assassiné, cette nuit ?

Sans blague !

— Pardon ? Son père est mort ! Comment voulez-vous que je le sache !

ASSASSIN

Je pourrais être nommé pour l'Oscar du meilleur acteur, vous ne trouvez pas ?

— Je ne sais pas, en regardant les informations, peut-être ?

— Eh bien, pour cela, il aurait fallu que j'en aie le temps et comme vous avez pu le constater, j'ai été pas mal occupé depuis que j'ai pris ma garde.

L'Agent Hawkins fulmine.

En fait, lorsque Aymie et moi nous sommes rencontrés la première fois, Hawkins était déjà son partenaire et il a immédiatement capté l'alchimie qui se dégageait entre nous deux. Et comme je le soupçonne d'être secrètement amoureux de son équipière, il n'a jamais pu m'encaisser. De plus, étant donné le degré de son animosité envers moi, je pense qu'il est au courant qu'Aymie et moi avons passé une nuit ensemble.

Voilà pourquoi la situation est aussi tendue entre nous deux. Ce type est fou de jalousie, ça crève les yeux.

Je tourne la tête vers Aymie qui est en train de se mordre l'intérieur des joues pour s'empêcher de glousser face à l'air contrarié de son acolyte. Nos regards se croisent et je lui fais un clin d'œil malicieux tout en mordant dans mon muffin. Une lueur espiègle traverse les siens et sans qu'elle n'y prête attention, elle se lèche la lèvre inférieure avant de la prendre entre ses dents.

Hawkins se racle la gorge et je reporte mon attention sur

lui, reprenant aussitôt mon attitude arrogante.

— OK, très bien, Dr Wolfe, vous n'étiez pas au courant. En revanche, parlez-nous un peu de ce gamin décédé sur votre table. Croyez-vous qu'il soit réellement tombé dans les escaliers ? Que cela ressemblait à un accident ?

— Je suis persuadé du contraire. Le père était complètement drogué quand il a été emmené à l'hôpital et le gamin était déjà inconscient…

— Donc ce ne sont que des suppositions. Vous n'avez pas eu sa version des faits.

— Pas avec des mots, non, mais avec son corps, oui. Ce gosse a été roué de coups et je suis certain que le légiste en charge de l'autopsie, le constatera également.

— Avez-vous évoqué vos soupçons aux inspecteurs qui sont venus vous interroger ?

— Agent Hawkins, vous savez très bien que je collabore toujours du mieux que je le peux avec les forces de l'ordre. À chaque fois que j'ai eu le moindre doute, j'en ai toujours informé la police. Ce n'est pas aujourd'hui que ça va changer.

Je broie entre mes doigts le papier d'emballage de mon gâteau et sans attendre de réponse de sa part, me lève et ancre mon regard dans celui d'Aymie.

— Agent Dixon, ce fut un plaisir de vous revoir et si jamais, vous êtes toujours intéressée… Vous savez où me trouver.

Puis sans aucune autre cérémonie, je quitte la cafétéria – content d'avoir pu clouer le bec à cet idiot d'Hawkins – et retourne au centre des urgences.

Il est un peu plus de vingt et une heures lorsque je quitte le Cottage Hospital et que je m'arrête brusquement sur le trottoir, surpris de me retrouver à seulement quelques mètres d'Aymie.

— Isaac, murmure-t-elle en venant à ma rencontre.

— Ton acolyte n'est pas avec toi ?

Elle baisse la tête et soupire avant de me regarder.

— Je suis désolée pour tout à l'heure. Hawkins peut parfois se montrer grossier.

— Ce n'est pas ta faute, si ce type est amoureux de toi et qu'il agit comme s'il défendait son territoire.

— N'importe quoi ! Il n'est pas…

— Si, il l'est.

Je mets les mains dans les poches de mon jean et observe quelques instants, Aymie. Elle a troqué son tailleur, sa chemise blanche et ses rangers contre une robe légère et des sandales. Elle est ravissante. À cette vision, je ne peux m'empêcher de repenser à ce qui s'est passé sur mon canapé, dix-neuf jours plus tôt et je me sens tout de suite à l'étroit dans mon pantalon.

Décidément, cette fille a le don pour me faire de l'effet et je ne sais pas si c'est une bonne ou une mauvaise chose.

Elle me déstabilise.

— Tu as faim ?

L'abrupt changement de sujet me sort de ma torpeur et je la regarde un instant, sans comprendre où elle veut en venir.

— Euh… oui.

— Ça te dirait qu'on aille manger un bout ensemble ?

Qu'est-ce que je disais ? Elle me surprend et me trouble, toujours.

Devant mon air confus, elle s'empresse de rajouter :

— Si ta proposition de tout à l'heure tient encore, bien entendu.

— Bien sûr ! Je suis désolé, ma garde a été éprouvante et je suis encore un peu dans le brouillard. Évidemment, j'aimerais beaucoup qu'on dîne tous les deux.

— Super. J'ai vu qu'il y a un restaurant ouvert jusqu'à minuit, à huit minutes d'ici en voiture.

— Le Roy, je connais. Suis-moi, je t'y conduis.

— OK.

Elle m'offre un sourire rayonnant et nous marchons jusqu'à mon SUV. Le trajet prend une dizaine de minutes et pendant tout ce temps, aucun de nous ne prononce un mot. Néanmoins, ce silence n'est en rien gênant. Au contraire, il est salvateur après une journée de boulot aussi intense et je pense qu'avec le métier qu'exerce Aymie, elle ne peut que comprendre mon besoin de respirer et c'est pour cela qu'elle me laisse du temps.

J'en profite pour remettre de l'ordre dans mes pensées car je dois bien avouer que la visite des deux Agents m'a plus perturbé que je ne le laisse paraître. Même si Hawkins m'en veut par rapport à l'alchimie qu'il y a entre Aymie et moi, je sais très bien que s'ils sont venus m'interroger c'est que l'un d'eux a eu des soupçons à mon égard. Heureusement pour moi, il semble qu'Aymie croit ce que je leur ai dit, à moins qu'elle essaie de me tendre un piège.

Je ne dois pas perdre de vue qu'Aymie est l'Agent Spécial Dixon, un *profiler*… à *ma* recherche. Je dois rester sur le qui-vive et faire attention à tout ce que je pourrais lui dire.

Il en va de ma survie.

Chapitre 12

Aymie

Je sais que je ne devrais pas être ici. Retrouver Isaac n'est pas la meilleure idée que j'aie eue, mais au fond de moi, quelque chose me pousse irrésistiblement vers lui. Aussi, nous voilà attablés dans un petit restaurant, notre repas posé devant nous et nous dînons dans une ambiance électrique. À chaque regard, chaque sourire, chaque effleurement, mon corps se réveille et une douce chaleur m'envahit. Jamais, avant cet homme, je n'avais connu de pareilles sensations et cela me grise autant que cela me trouble.

Isaac repose ses couverts et me regarde, un sourire aux lèvres et une lueur étrange dans le regard.

— Tu sais, Aymie, je ne pensais pas te trouver à la sortie de ma garde. Tu as décidément le chic pour me surprendre.

ASSASSIN

Même s'il parle de manière tout à fait nonchalante, dans son intonation, je ressens qu'il est un peu agacé. Aussi, je décide de tout simplement lui poser la question.

— Et c'est une bonne ou une mauvaise chose ?

— Un peu des deux.

Étonnamment, sa réponse ne me choque pas. Cet homme semble contrôler le moindre aspect de sa vie et je pense qu'il ne doit pas être souvent pris au dépourvu. Isaac attrape son verre, fait tournoyer le vin quelques instants puis il boit une gorgée et reprend :

— Je suis assez bon pour cerner les gens et ils ne me surprennent que très rarement. Alors qu'avec toi ? Je ne sais jamais à quoi m'attendre. C'est exaltant et énervant à la fois. Mais je suis content d'être en ta compagnie, ce soir.

— Tu m'en vois ravie.

Je ne m'offusque toujours pas car je vois très bien ce qu'il entend par là. C'est comme si nous étions connectés sur la même fréquence mais quelque chose d'invisible nous empêche d'être sur les mêmes ondes.

C'est étrange.

À ce moment-là, une serveuse s'approche de nous et rougit comme une adolescente lorsque Isaac lui sourit. Elle débarrasse notre table et nous demande si nous souhaitons un dessert, sans jamais me lancer un regard. Nous refusons tous les deux et optons pour un café puis elle retourne déposer nos assiettes en cuisine.

— Cette nana en pince pour toi.

— Qui ça ? Lyne ?

— Si c'est comme ça que s'appelle la serveuse, oui : Lyne. Elle craque pour toi.

— Peut-être, mais je ne suis pas intéressé. Et si tu me parlais un peu de toi, Aymie. Je sais que tu es un Agent Spécial du FBI mais à part ça et le fait que tu es à tomber quand tu jouis, je ne sais rien du tout.

Oh merde ! Celle-là, je ne l'ai pas vu venir !

Tout comme la serveuse quelques instants plus tôt, je rougis au souvenir de ce fameux soir où je me suis littéralement jetée sur lui. Je me mords la lèvre inférieure et croise le regard malicieux d'Isaac. Il se carre dans son fauteuil, croise les bras et m'offre un sourire insolent – fier du trouble qu'il éveille en moi.

— Et pourquoi ne commencerais-tu pas ?

— Parce que tu sais déjà tout de moi, je me trompe ?

— Je ne sais que ce qu'il y a dans ton dossier. Je n'ai pas, moi non plus, de détails sur ton histoire.

— Voilà ce que je te propose, Aymie. Puisque c'est moi qui

ai posé la question en premier, c'est à toi d'y répondre la première. Ensuite, je jouerai le jeu, moi aussi.

— Tu aimes tout contrôler, pas vrai ?

— Et toi, tout profiler ?

Un point partout !

En fait, je crois que Isaac et moi nous ressemblons beaucoup. Nous n'arrêtons jamais d'être sur nos gardes, essayant à
chaque fois d'avoir le contrôle de la situation.

— OK. Très bien, tu as…

La serveuse m'interrompt en revenant avec nos tasses
qu'elle dépose sur la table tout en se penchant exagérément en
avant pour montrer son décolleté à Isaac. Celui-ci reste complètement hermétique, ne lui prêtant aucune attention – son
regard plongé dans le mien – et Lyne repart en soupirant.

— Donc, j'ai ?

— Gagné. Qu'est-ce que tu veux savoir ?

— Si je te répondais tout, ça ferait un peu… *psychopathe*,
dit-il en riant. Donc je dirais ce que tu veux.

— OK ! Tout comme Orson Welles[5], je suis née à Keno-

---

5   Orson Welles : 06/05/1915 – 10/10/1985 : Célèbre artiste américain, à la fois
réalisateur, acteur, producteur, scénariste, metteur en scène de théâtre, dessinateur, écrivain et
prestidigitateur.

sha, dans le Wisconsin. Mes parents y vivent toujours et je leur rends visite chaque fois qu'une occasion se présente. Ma mère est institutrice et mon père est Lieutenant de police, c'est d'ailleurs à cause de lui que je suis devenue Agent. Je l'ai toujours admiré pour son travail et depuis ma plus tendre enfance, je rêvais, moi aussi, de faire régner l'ordre et la loi.

— Alors, pourquoi avoir choisi le FBI ? Tu pouvais toi aussi travailler dans la police !

— Parce que je suis intriguée par la nature humaine. Si je n'avais pas fait ce métier, je pense que je serais devenue psychiatre. J'aime cerner les gens et être *profiler* pour le FBI me permet de faire les deux choses pour lesquelles je crois que je suis née.

— En fait, être un agent du FBI est autant une vocation que moi, médecin.

—Je pense, oui. Maintenant, à ton tour !

— Tu n'as pas dit grand-chose, objecte-t-il en fronçant les sourcils.

— Tu as dit ce que je voulais, réponds-je en lui souriant malicieusement.

— OK, un marché est un marché. Donc, que veux-tu savoir ?

— Tu as dit qu'être médecin était une vocation. Avec toutes

les spécialisations possibles, pourquoi avoir choisi la traumatologie ?

— Parce que c'est une spécialité complète et que je voulais
sauver le plus de vies possible.

— Pourquoi ce besoin obsessionnel ?

— Je n'ai jamais dit que c'était une obsession.

— Non, mais je le ressens. Tu n'es pas obligé de répondre,
si tu n'en as pas envie…

— J'ai commencé ce jeu de questions / réponses, je ne
vais pas abandonner. Donc, je dirais que la raison est peut-
être parce que mes parents en fervents catholiques m'ont élevé
ainsi : ils m'ont inculqué que chaque vie valait la peine d'être
sauvée.

— Et comment réagis-tu quand tu n'y arrives pas ?

— Ma foi m'aide. Si malgré tous les moyens en ma possession, mon patient décède, c'est que c'était la volonté de Dieu.

— Wouah ! Je ne t'aurais jamais pris pour un catholique.
Souvent, les hommes de sciences ne sont pas hommes de foi.
Décidément, tu ne rentres dans aucune case.

— Et c'est une bonne ou une mauvaise chose ? demande-
t-il en me paraphrasant.

— Un peu des deux, lui répliqué-je en lui faisant un clin

d'œil.

Nous nous regardons pendant quelques secondes sans rien dire et éclatons de rire.

Même si nous restons tous les deux sur la défensive, je sens que nous sommes en train de franchir un cap. Je ne sais pas combien de temps je vais rester à Santa Barbara néanmoins, je sais que j'ai envie de passer chaque seconde de mon temps libre à apprendre à connaître Isaac. Même si mon partenaire a toujours des doutes à son sujet, moi, je pense qu'il a complètement tort. Je ne vois rien de mauvais dans son comportement, rien qui indique qu'il pourrait être notre tueur en série. Au contraire : il répond calmement, sans réfléchir, il ne sourcille pas, n'est pas agité… Il vit pour sauver des vies.

Je suis persuadée qu'Isaac Wolfe est un homme bien.

Nous n'avons pas vu le temps passer et il est un peu plus de minuit, quand nous sommes mis dehors du restaurant par la serveuse enamourée d'Isaac. Elle semble complètement furieuse que celui-ci n'ait répondu à aucun de ses regards lubriques et une infime partie de moi est fière d'en être la raison.

OK… peut-être pas si infime que ça…

Alors que nous marchons jusqu'au SUV, Isaac me surprend

en attrapant ma main et entrelace ses doigts avec les miens. Je lui jette un regard en coin et il me sourit, l'air de rien.

Lorsque nous arrivons devant son véhicule, il ouvre ma portière et avant que je ne monte à l'intérieur, me plaque contre la carrosserie et m'embrasse à m'en faire tourner la tête. Puis, toujours comme si de rien n'était, il fait le tour de la voiture et il monte alors que je n'ai toujours pas bougé d'un millimètre. Il me faut quelques secondes pour reprendre mes esprits et le rejoindre à l'intérieur.

Putain ! Ce mec embrasse vraiment comme un Dieu !

Pendant tout le trajet, Isaac conduit avec sa main posée sur mon genou. Ce simple contact m'électrise et je rêve qu'il m'emmène chez lui. Cependant, je déchante rapidement lorsque je vois qu'il tourne dans la rue de l'hôpital.

— Tu as oublié quelque chose ?

— Moi, non, mais ton 4x4 est resté sur le parking du Cottage Hospital.

Isaac repère mon véhicule et se gare juste à côté.

— Bon, ben… Merci pour ce soir, c'était sympa.

Je m'apprête à sortir de la voiture mais il verrouille les portières et pose sa main sur mon épaule.

— Aymie, regarde-moi, murmure-t-il doucement.

Je tourne la tête vers lui et avant de pouvoir dire quoi que ce soit, Isaac pose ses lèvres sur les miennes. Comme tout à l'heure, mon cerveau court-circuite et lorsqu'il se détache de moi, je suis à bout de souffle.

— Ne crois pas que je ne meurs pas d'envie de te ramener chez moi mais je crois que la dernière fois, nous avons fait les choses à l'envers. J'ai envie de te revoir, Aymie, de t'inviter à sortir, de faire les choses dans les règles en t'emmenant dîner dans un grand restaurant et de te ramener chez moi pour te baiser toute la nuit. Mais pas ce soir. Ce soir, je me comporte en parfait gentleman en te déposant à ta voiture.

Touchée et émoustillée par ses paroles, je ne sais quoi lui répondre et au lieu de chercher pendant des heures des mots savants, je laisse mes émotions s'exprimer en l'embrassant à mon tour. Puis, sans ajouter autre chose, je lui fais un clin d'œil et sors de la voiture, le sourire aux lèvres.

Cette journée a commencé sur les chapeaux de roues mais se termine mieux que je n'aurais pu l'espérer.

Isaac Wolfe est décidément plein de surprises et j'aime ça !

ASSASSIN

Chapitre 13

Isaac

— Dr Wolfe ! Trauma 1 !

Maggie est en train de répartir les patients emmenés par les ambulanciers et je me dirige vers la salle d'examen qu'elle m'a attribué. J'attrape une paire de gants et demande des explications aux secouristes présents sur les lieux.

— Mason, parle-moi !

— Annie Carlson, trente ans, enceinte de trente-deux semaines, a été percutée par un chauffard ivre. Confuse à notre arrivée, Glasgow à 4. J'ai posé une perf de solution saline et un antidouleur. Possibilité fracture du bassin.

— OK, merci, Mason. À mon compte, on la déplace : 3, 2, 1.

Nous soulevons la patiente et la déposons sur la table d'examen puis les brancardiers quittent le box.

— Annie, je suis le Dr Wolfe. Vous savez où vous êtes ?

— À l'hôpital. Mon… bébé…

— Ne vous inquiétez pas, Annie, vous êtes au Cottage Hospital et entre de bonnes mains. Je vais tout faire pour que vous et votre bébé vous portiez comme des chefs, d'accord ? Je vais devoir vérifier vos constantes et je vais faire venir le Dr Riggs. C'est notre meilleur obstétricien et va contrôler que tout se passe bien pour votre bébé.

Ma patiente hoche la tête tandis que je me mets déjà au travail. Chacun des membres de mon équipe s'affaire dans la salle d'examen et en l'espace de cinq minutes, l'état d'Annie se dégrade : elle est en arrêt respiratoire. Après une dose d'épinéphrine et un massage cardiaque, son cœur repart mais son état est toujours préoccupant. Si ça continue comme cela, nous risquons de les perdre, elle et son bébé.

Et ça, il n'en est pas question !

<h1 style="text-align:center">Clémence Lucas</h1>

Trois heures plus tard, les diagnostics vitaux de ma patiente et son bébé sont encourageants et je termine enfin ma garde. Je suis dans les vestiaires, en train de me changer lorsque Riggs me rejoint.

— Hey, Isaac ! Beau travail, tout à l'heure. Ça te dit, une bière pour fêter ça ?

— Excellente idée !

Depuis ma première semaine au Cottage Hospital, Marlon Riggs est ce qui se rapproche le plus d'un meilleur ami. Nous avons le même âge, avons les mêmes centres d'intérêt – hormis mes activités externes, bien entendu – et faisons tout pour être les meilleurs dans nos domaines respectifs. Ainsi, dès qu'une occasion se présente, nous ne sommes jamais contre aller boire un verre ensemble ou pour se faire une partie de poker avec d'autres membres de l'hôpital et des secouristes.

Nous quittons la salle de repos et tandis que Marlon appelle l'ascenseur, je ressens une étrange sensation, comme si quelqu'un était en train de m'observer. Je tourne la tête mais n'arrive à distinguer personne au milieu de toute l'agitation du service alors, je suis mon ami dans l'appareil et essaie de chasser le malaise qui m'envahit.

Marlon et moi décidons d'aller au Park Place Deli qui se situe juste en face de l'hôpital et lorsque nous poussons la porte du restaurant, ma mauvaise sensation réapparaît. Je déteste ressentir ce genre de chose. Cela ne m'arrive pas très souvent mais à chaque fois que cela se produit, ce n'est jamais sans raison.

ASSASSIN

Alors, je décide qu'il faut que j'agisse et que je vérifie ce qui se trame.

— Merde ! J'ai oublié mon smartphone dans la voiture. Tu peux me commander une pression ? Je vais le récupérer et je te rejoins.

— OK, blonde ou brune ?

— Prends-moi la même chose que toi, ça ira !

Marlon entre dans le café tandis que je reviens sur mes pas en examinant les alentours. Je traverse la route et vais sur le parking. L'impression grandit encore et à mesure que j'avance, je suis certain que je ne rêve pas : on me suit. Je reste calme et ne ralentit ni n'accélère le pas, je dois rester égal afin de ne pas montrer à l'enfoiré qui me piste que je sais qu'il est là.

J'arrive à hauteur de mon SUV et lorsque j'ouvre la portière, une voix m'interpelle.

— Vous avez deux minutes, Dr Wolfe ?

Hawkins ! OK... Soit il est là à titre personnel, soit il me croit toujours coupable. Je vais devoir faire attention.

— Agent Spécial Hawkins ! Je vous manquais déjà ? dis-je en lui faisant face.

— Dixon n'est pas là ! Pas besoin de faire votre malin, Wolfe !

— Donc, j'imagine que vous êtes là pour parler d'elle.

— Si je suis ici, c'est pour vous dire que je ne crois pas en votre petit numéro de médecin altruiste ! Je ne vous aime pas, Wolfe et je sais que c'est réciproque.

Au moins, il est moins con qu'il n'en a l'air !

—Vous ne m'aimez pas car vous êtes jaloux que votre partenaire ait des vues sur moi et c'est pour cela que vous me prenez pour cible mais vous avez tort. Dans mon cas, il ne s'agit pas de savoir si je vous aime ou pas car je n'en ai rien à faire. Vous m'êtes simplement indifférent.

Hawkins fronce les sourcils et la colère se dessine sur son visage.

— Restez loin d'Aymie, Wolfe. C'est tout ce que j'ai à vous dire.

— Et si je ne le fais pas ?

— Vous le regretterez.

Si tu crois que tu me fais peur !

— Dois-je prendre ça pour une menace ?

— Plutôt pour un avertissement.

Hawkins, ou l'art de jouer sur les mots.

ASSASSIN

Nous nous défions du regard pendant de longues secondes jusqu'à ce que mon téléphone se mette à sonner, interrompant notre duel silencieux. Je sors mon smartphone de la poche de mon jean et découvre un message de Marlon qui me demande pourquoi je suis si long pour revenir. Je ne lui réponds pas, claque la portière de mon SUV et fais une dernière fois face à Hawkins qui n'a pas bougé.

— Je n'en ai pas fini avec vous, Wolfe.

— Alors, à bientôt, Agent Spécial Hawkins.

Je lui offre un sourire arrogant et le bouscule volontairement en passant à côté de lui.

Hawkins ne me fait pas peur. Il me fait penser à un petit toutou, tenant fermement son os en grognant. S'il croit qu'il m'a impressionné avec sa petite intimidation, il se fourre le doigt dans l'œil !

Néanmoins, je dois redoubler de vigilance car je suis sûr qu'il ne va pas me lâcher d'une semelle.

Lorsque je retourne au restaurant, je découvre que Marlon n'est plus seul mais que nos amis, Tyler – neurochirurgien –, Daniel et Mason – secouristes – l'ont rejoint. Je m'installe à leur table et me fais chambrer pour mon retard.

— Tu as croisé Maggie sur le parking et ne pouvais plus t'en débarrasser ? demande Tyler en riant.

Pour toute réponse, je lui adresse un doigt d'honneur et bois une gorgée de ma bière. Depuis mon premier jour, Maggie est le sujet de conversation favori des gars. Il est évident pour tout le monde que l'infirmière en chef en pince pour moi et ils adorent m'embêter avec ça dès qu'ils en ont l'occasion.

— Ou alors, il a croisé la jolie petite Agent… Comment elle s'appelle déjà ? demande Marlon.

— Dixon, réponds-je sans réfléchir.

— Wow ! Donc, c'est ça ? Tu as vu ta petite Agent Sexy !

— Non et ne l'appelle comme ça !

— Mais c'est qu'il est contrarié, renchérit Mason.

— Vos gueules !

Cette fois, je bois ma bière cul sec et d'un signe de la main, en commande une autre à la serveuse. Je n'aurais jamais dû leur parler d'Aymie. J'ai commis cette erreur, le lendemain de notre intermède sur mon canapé. Vraisemblablement, mes amis ne m'avaient jamais vu aussi enjoué et après une soirée poker alcoolisée, je leur ai avoué qu'il s'agissait d'elle. Jamais avant Aymie, je n'avais laissé une femme envahir autant mes pensées, ni laissé l'alcool parler pour moi. Depuis ce soir-là, je me tiens à trois verres maximum afin de ne pas révéler davantage de secrets.

Il ne manquerait plus que j'avoue mes crimes !

— Non mais sérieux, Isaac. Pourquoi tu la rappelles pas ? continue Marlon.

Ça, en réalité, je ne le sais pas trop. Une partie de moi a envie de tenir la promesse que je lui ai faite, en l'invitant à dîner et la baisant toute la nuit mais d'un autre côté, entre son métier et son partenaire qui a décidé de me mener la vie dure, je me dis que c'est une très mauvaise idée.

— Et sinon, quand est-ce que ta femme accouche, Marlon ? demandé-je en lui souriant.

Comme je m'y attendais, mon ami pâlit et toute la bande éclate de rire. Marlon a beau être le meilleur obstétricien de tout l'État, il n'en reste pas moins un mec super flippé à l'idée de devenir papa pour la première fois et cela nous fait beaucoup marrer.

Tout le monde a oublié que j'étais sur le grill, quelques instants plus tôt et désormais, c'est au tour de Marlon de subir les railleries de nos potes. Cette fois, je suis content d'être de l'autre côté de la barrière et me prête au jeu des moqueries avec plaisir.

Chapitre 14

Isaac

Trois jours plus tard, je me réveille avec la tête en vrac mais avec la ferme intention d'appeler Aymie. Je ne sais pas si c'est lié à ma discussion avec les mecs mais depuis l'autre soir, elle a complètement envahi mes rêves, plus érotiques les uns que les autres. Je pense que pour me la sortir de la tête, il faut que j'assouvisse une bonne fois pour toutes, le désir qu'elle m'inspire. Je suis certain qu'en fait, c'est uniquement pour cette raison que je n'arrive pas à me la sortir de l'esprit.

D'habitude, je suis celui qui mène la danse mais la seule fois où je l'ai baisée, en réalité on peut dire que c'est elle qui l'a fait ! Je ne laisse jamais autant de contrôle à mes partenaires et j'ai besoin de rééquilibrer la donne.

ASSASSIN

Ça ne peut être que ça.

J'attrape mon smartphone sur la table de chevet et envoie un message à Aymie. Puisque nous sommes samedi, j'espère qu'aujourd'hui, elle ne travaillera pas et sera disposée à accepter ma proposition.

    Moi : Tu as une heure pour être prête.
    Je viens te chercher à ton hôtel.

    Aymie : Bonjour, Isaac. Je vais bien,
    merci de t'en préoccuper.

OK, c'était peut-être un peu abrupt.

    Moi : Désolé, je ne suis pas très doué
    avec les mots mais je peux me faire par-
    donner par des gestes.

    Aymie : Ton romantisme te perdra !

    Moi : Mais c'est oui ?

    Aymie : Je ne vois pas de question.

    Moi : Me ferais-tu l'honneur de sortir

```
avec moi, aujourd'hui ?

    Aymie : Tu vois quand tu veux ! À tout
à l'heure !
```

Je secoue la tête, un léger sourire aux lèvres.

Cette fille me surprendra toujours !

À l'heure convenue, je me gare devant le Upham, où Aymie m'attend, à l'ombre du porche. Comme les fois précédentes, elle a opté pour une robe légère et des sandales. Comme à chaque fois, je la trouve ravissante. Lorsqu'elle aperçoit mon SUV, elle descend les marches, s'avance dans ma direction et monte dans la voiture.

— Salut, dis-je lorsqu'elle s'assoit.

Pour toute réponse, elle m'adresse un sourire sexy, se penche en avant, effleure mes lèvres puis s'installe confortablement et boucle sa ceinture.

— Alors, tu as prévu quoi, aujourd'hui ?

— De te faire voyager en France sans prendre l'avion, réponds-je, mystérieux.

ASSASSIN

Elle me lance un regard interrogateur auquel je ne réponds pas et me concentre sur le peu de chemin que nous avons à faire – puisque le lieu que j'ai choisi pour l'occasion se trouve à moins d'un mile de son hôtel.

Nous nous garons quelques minutes plus tard devant le Renaud's Patisserie & Bistro, endroit dont la réputation n'est plus à faire dans le coin. Aymie admire la devanture avec convoitise. Nous entrons et avant de nous installer à une table, elle passe devant la vitrine remplie de gâteaux appétissants et le regard qu'elle lance aux pâtisseries me donne envie de la voir m'adresser le même au moment où je la baiserai.

Du calme, ce n'est pas encore le moment.

Nous nous installons à une table et après plusieurs minutes, nous optons pour prendre la formule lunch dans laquelle nous avons le choix entre des salades et des sandwiches made in France. Ici, l'ambiance et la décoration ressemblent aux bistrots parisiens que j'ai eu la chance de visiter lors d'un précédent voyage en Europe et le patron a réussi son coup : son slogan *A taste of Paris without the trip to France* tient le pari.

Aymie continue de regarder tout autour d'elle, un sourire aux lèvres, une gourmandise non dissimulée. Visiblement avec ce rencard, je suis en train de marquer des points et je suis plutôt fier de moi.

—J'aime beaucoup cet endroit, dit-elle, les yeux émerveillés.

— Je vois ça, réponds-je avec un sourire insolent.

Devant mon arrogance manifeste, elle lève les yeux au ciel.

— Alors, comment se sont passés ces derniers jours ?

— Ça a été assez éprouvant mais je n'ai perdu personne, si c'est la question que tu te poses.

— Je n'ai jamais douté de tes capacités pour sauver des vies, répond-elle immédiatement.

— Toi, peut-être pas, mais ton partenaire, oui.

— Hawkins a eu une réaction disproportionnée…

— Parce qu'il est jaloux, je le sais. Très bien, même…

— Qu'est-ce que tu entends par là ?

La serveuse revient vers nous avec notre commande et nous interrompt en déposant nos assiettes sur la table. Lorsqu'elle repart, Aymie ancre son regard dans le mien, attendant une réponse à sa question.

— Et toi, Aymie, comment se passe ton enquête ? éludé-je.

— Tu recommences à vouloir contrôler la situation et tu sais très bien que je ne peux rien te dévoiler à ce sujet.

ASSASSIN

— Donc, tu sais ce que cela signifie ?

— Non, mais je suis certaine que tu vas m'éclairer.

— Ça veut dire que nous n'aborderons pas les sujets qui fâchent et allons nous concentrer sur des petits détails, comme ta couleur ou ton plat préféré. Nous n'avons qu'à faire comme un vrai rencard, comme si nous ne nous étions pas connus lors d'une de tes enquêtes… Qu'en penses-tu ?

— Je pense, Isaac Wolfe, que nous sommes sur la même longueur d'onde.

— Alors, j'espère qu'il en restera ainsi pour ce que j'ai prévu pour la suite, réponds-je d'une voix sensuelle.

Une étincelle éclaire son regard. Elle a très bien compris le message et le sourire qu'elle m'offre m'indique qu'elle est tout à fait partante.

C'est fou comme à certains moments, elle peut être si transparente alors qu'à d'autres, si imprévisible.

À quinze heures, nous sommes gentiment mis dehors par le propriétaire de l'établissement. Cela fait déjà deux fois que ce genre d'événement se produit. Comme lors de notre dîner au Roy, nous n'avons pas vu le temps passer et c'est bien la première fois que je ne m'ennuie pas avec une femme et que j'aime en apprendre autant sur elle.

Nous reprenons mon SUV et nous dirigeons jusqu'à ma maison, située dans le quartier résidentiel de Fairway. Le trajet se déroule en silence mais l'ambiance dans l'habitacle est à son paroxysme. Bien que je sois l'instigateur des sous-entendus sexuels, lorsque nous sommes passés aux desserts, les rôles ont été inversés. Aymie s'est montré être une tentatrice redoutable quand elle est munie d'un gâteau rempli de chantilly et qu'elle le porte à ses lèvres.

Seigneur ! Cette femme pourrait bien me faire perdre la tête !

Lorsque je coupe le moteur, je lance un dernier regard à Aymie – dont les joues ont considérablement rougi – et lui demande silencieusement son accord avant de sortir du véhicule. Elle me sourit puis déverrouille sa portière et sort la première. Je la regarde monter les marches du perron avec grâce et assurance et aussitôt, j'ai hâte de la voir lâcher prise dans mon lit. Je récupère les clés et sors du SUV à mon tour.

Je la rejoins en quelques enjambées et sans lui laisser le temps de réagir, je la plaque contre la porte d'entrée et l'embrasse. Ce baiser n'a rien de tendre, je laisse exprimer toute la frustration qu'elle a provoquée en moi lorsqu'elle s'est amusée à m'allumer avec ses petits gâteaux. Elle gémit contre ma bouche et ce son résonne jusqu'à mon entrejambe. Mon sexe est dur comme de la pierre et le besoin de la faire mienne devient de plus en plus urgent.

ASSASSIN

Sans quitter ses lèvres, je cherche la serrure afin d'ouvrir la porte et lorsque j'y arrive, nous manquons tous les deux de nous écrouler sur le sol et rions comme deux adolescents, trop excités pour contenir leur ardeur.

Cependant, cela ne nous calme pas pour autant et tout juste la porte refermée derrière nous, nos lèvres se retrouvent et nos mains commencent à s'aventurer un peu partout sur le corps de l'autre. L'excitation est à son comble et si on continue comme ça, nous aurons déjà terminé avant même d'avoir atteint ma chambre. Si d'ordinaire, je ne serais pas contre ce moment bestial, ce n'est pas du tout ce que j'ai prévu et il n'est pas question que je déroge à mon programme.

Aujourd'hui, c'est moi qui mène la danse.

Chapitre 15

Aymie

Bon sang ! S'il continue de m'embrasser comme ça, je pense que je pourrais jouir ici et maintenant !

Nous venons tout juste de rentrer chez lui et nous sommes déjà en train de nous débarrasser de nos vêtements alors que nous sommes toujours dans l'entrée. Ma robe et son T-shirt ont atterri quelques mètres plus loin et je suis surprise en découvrant qu'Isaac a un énorme tatouage qui recouvre son torse. La dernière fois que nous avons couché ensemble, j'étais tellement excitée que nous ne nous sommes pas déshabillés et j'avais donc loupé cette étonnante fresque.

Elle représente un ange aux ailes déployées dont la moitié est assez sombre. C'est comme si à travers ce tatouage, il laissait s'exprimer tous les pans de sa personnalité et je suis curieuse d'en connaître la signification puisqu'il est aussi intriguant que magnifique.

Cependant, je n'ai pas le temps de profiter de la vue. Isaac se jette à nouveau sur mes lèvres et mon cerveau court-circuite. J'ai l'impression que chacune de ses caresses laisse une trace brûlante sur ma peau et je meurs d'envie de le sentir en moi.

Soudain, il interrompt notre étreinte, ancre son regard au mien et un sourire indécent se dessine sur ses lèvres.

— Tss, tss, ne sois pas si pressée, Aymie. Nous avons tout notre temps et je compte bien en savourer chaque seconde.

Il m'adresse un clin d'œil puis il attrape ma main et m'emmène à sa suite. Il traverse le hall, le salon puis il ouvre la porte de sa chambre et je m'arrête un instant sur le seuil, subjuguée par le lieu que je découvre.

Ce qui m'interpelle au premier abord est l'immense baie vitrée avec une vue éblouissante. D'ici, on peut voir la mer, les reliefs des montagnes plus loin et la lumière apportée par le soleil illumine la chambre – dont la décoration est digne d'un magazine. Les tons sont neutres, un camaïeu de gris a été utilisé pour repeindre les murs tandis que le blanc a été choisi pour les meubles. Cette pièce doit facilement faire dans les vingt mètres carrés dans laquelle se trouvent un lit king size face à la fenêtre, un bureau dans l'angle droit tandis que sur la gauche se trouve un immense dressing.

Seigneur ! Je rêverais d'en avoir un comme ça !

Clémence Lucas

Alors que j'en prends plein les yeux et qu'ils ne savent plus où se poser, Isaac m'attire vers lui et d'une main ferme, attrape mes cheveux et plonge son regard dans le mien.

— Je suis presque jaloux que ce ne soit pas moi qui ai allumé cette étincelle dans tes yeux, dit-il d'une voix suave.

— Alors qu'est-ce que tu attends pour te rattraper ? minaudé-je en posant ma main sur son torse.

Il tire légèrement sur mes cheveux et alors que je ressens une légère douleur, celle-ci est vite oubliée par sa bouche qui s'écrase sur la mienne. Instantanément, tout mon corps entre en combustion.

Comme si nous dansions langoureusement, Isaac me fait tourner et lentement, il me guide jusqu'à son lit. Lorsque je sens le bord contre mes jambes, il me pousse en arrière et nous atterrissons tous les deux dessus, nos lèvres toujours scellées. J'ai l'impression que nos mains sont partout à la fois et sans même m'en apercevoir, nous nous retrouvons tous les deux nus.

Alors que j'ai terriblement envie de caresser son corps, Isaac attrape mes poignets et d'une main, les maintient au-dessus de ma tête tandis que sa bouche se pose sur mon sein droit. Sa langue s'amuse à en titiller la pointe et dès qu'il la trouve suffisamment dressée, il la prend entre ses dents tandis que son autre main s'aventure dans les replis soyeux de mon intimité. Je me cambre sous l'assaut de ses doigts experts et sans que je le voie arriver, un orgasme foudroyant s'empare de mon être.

ASSASSIN

Une fois que mes spasmes sont apaisés, Isaac me sourit, fier de lui et ses lèvres retrouvent à nouveau les miennes dans un baiser urgent tandis qu'il s'installe entre mes jambes. Dans cette position, je ne peux qu'avoir conscience de son érection et j'ondule du bassin afin de le sentir encore plus près. J'éprouve le besoin de l'avoir en moi, que nos corps ne fassent qu'un.

Comme un écho à mon propre désir, d'un coup de reins, Isaac me pénètre jusqu'à la garde et nous gémissons à l'unisson. Si la dernière fois, il m'avait laissé les commandes, aujourd'hui, je sens qu'il a besoin de dominer la situation et je ne vais pas m'en plaindre, bien au contraire… Chaque va-et-vient m'emmène un peu plus près du précipice et je sens que je ne suis pas loin de basculer.

— Oh non, Aymie, je n'en ai pas encore fini avec toi…

À la fin de la journée, une fois après être rentrée chez moi, je prends le temps de réfléchir. Je ne sais pas ce que j'attendais d'aujourd'hui mais force est de constater que je me sens mieux que je ne l'ai été depuis longtemps. Contre toute attente, le mérite en revient à Isaac. Si je le trouve arrogant, il s'est dévoilé sous un autre jour, se montrant tour à tour charmant, drôle, touchant… Sans que je ne m'en aperçoive, il est parvenu à se créer une petite place dans mon cœur. Je devrais avoir peur cependant, même si je ne veux pas avoir de relation car je suis en pleine enquête pour retrouver L'Ange de la mort, c'est déjà bien trop tard.

Je crois bien que je suis en train de tomber amoureuse d'Isaac Wolfe…

ASSASSIN

Chapitre 16

AZRAEL

Cela fait dix jours qu'Aymie et Isaac se fréquentent. Ce que je prenais au départ pour une simple attraction sexuelle s'est transformé en quelque chose de plus profond. Attention, je ne dis pas qu'Isaac est amoureux – loin de là même et de toute façon, je ne pense pas qu'il s'abaisse à éprouver ce genre de sentiment. Quoiqu'il en soit, il prend plaisir – *nous prenons tous les deux plaisir* – à passer du temps avec Aymie, de préférence nus, même si un simple dîner peut aussi faire l'affaire.

Et ça, ça ne nous était jamais arrivé avant elle.

Depuis hier, Isaac sent qu'Aymie est sur les nerfs. Elle ne veut toujours rien lui dévoiler sur son enquête mais nous savons que cette affaire la ronge – d'autant que nous ne sommes plus qu'à une semaine de mon prochain crime.

Eh oui, je suis certain que vous pensiez que j'avais mis ma folie meurtrière de côté maintenant qu'Isaac entretient une liaison avec l'Agent Spécial Dixon mais il n'en est rien Depuis quatre jours, je suis aux trousses de Rodrigo Mendoza, un petit dealer du gang des Maravilla. Le 2 septembre, un nouveau coupable périra de mes mains.

Cette semaine, pas moins de cinq gamins d'une quinzaine d'années sont décédés le même jour à cause de sa came de merde ! Cette nuit-là, Isaac n'était pas présent et même si cela avait été le cas, il n'aurait rien pu faire pour eux. La drogue était mal coupée et lorsqu'ils sont arrivés, ils étaient déjà en arrêt respiratoire.

D'ordinaire, Isaac choisit essentiellement ma prochaine victime par rapport à la perte d'un de ses patients mais étant donné que le partenaire d'Aymie est sur notre dos, nous devons changer un petit peu ma manière de fonctionner afin de ne pas éveiller davantage de soupçons.

J'aurais préféré m'attaquer à un plus gros poisson comme le chef du gang Maravilla − le vrai responsable de la mort de ces cinq gamins − mais Isaac a entendu dire que les flics sont à un cheveu de l'attraper et avec *Aymie…* il nous est difficile de planifier une opération de cette envergure.

Aymie… Je lève les yeux au ciel et lâche un soupir frustré.

Aymie, par ci, Aymie par là… Je ne sais pas vous, mais moi,

Clémence Lucas

je m'ennuie !

Je n'en peux plus de voir Isaac s'enamourer d'un agent du FBI et de laisser cette relation dicter *mes* actes. Depuis que j'ai réussi à prendre le dessus en tuant le père de famille dans sa baraque, cet idiot de docteur essaie par tous les moyens de me laisser dans un coin de sa tête. Comme si après toutes ces années de bons et loyaux services à agir selon la volonté de Dieu, j'allais être mis au placard !

Isaac est déjà en train de planifier *mon* crime dans les moindres détails, analysant la situation, pesant le pour et le contre…

C'est bien beau tout ça mais où est passée la spontanéité ? La folie ? L'excitation de savourer le moment présent ?

Avant, je n'aurais jamais imaginé pouvoir prendre le dessus sur Isaac mais ça, c'était avant que l'Agent Spécial Dixon n'entre dans notre vie. À bien y réfléchir, lorsqu'Aymie ne donnait aucune nouvelle à Isaac, celui-ci a perdu le contrôle de la situation et j'ai pu sortir de l'ombre bien avant la date qu'il avait choisie.

Il ne me reste plus qu'à trouver une solution pour faire capoter l'histoire de notre cher bon docteur avec son Agent Spécial de pacotille et le tour est joué !

À moi la liberté !

ASSASSIN

Goleta, Californie… à seulement une vingtaine de minutes du Cottage Hospital.

J'observe attentivement la petite merde que j'ai attachée sur ma table d'opération. Je penche la tête sur le côté et souris en regardant les incisions effectuées sur son ventre : elles sont nettes, précises, suffisamment profondes pour qu'il saigne et souffre.

— Pitié, ne faites pas ça… Je ne dirais rien à personne… C'est promis.

C'est étrange comme les hommes supplient toujours pour leur vie. Comme si ça allait changer quelque chose à ma décision !

Je hoche la tête et lui souris en enfonçant mes doigts dans une de ses blessures, son sang chaud coule sur mes gants et je peux sentir ses tissus s'étirer sous mon intrusion. Mendoza hurle et ce son résonne à mes oreilles telle une douce musique. Je retire ma main et recommence la même chose dans son autre plaie.

Que c'est intéressant toutes ces nouvelles sensations !

D'ordinaire, je me contente d'exécuter le plan qu'Isaac a sagement confectionné afin de ne pas se faire surprendre et de ne pas dériver. Mais s'il s'est créé un alter ego, à savoir : moi, le grand Azraël, c'est pour que sa colère puisse s'exprimer dans toute sa splendeur. Cet idiot a tellement besoin de contrôler la moindre seconde de sa vie qu'il en oublie de s'amuser et ça, moi, je ne compte pas m'en priver ce soir.

Fini le petit tueur en série sadique qui se contente de charcuter *gentiment* ses victimes et leur crever les yeux. Ce soir, je compte savourer chaque seconde en changeant son mode opératoire si minutieux.

Que la fête commence…

ASSASSIN

Clémence Lucas

Isaac

Qu'est-ce que je fiche ici ?

Je regarde autour de moi, incapable de me souvenir comment je suis arrivé là. À première vue, je suis dans un entrepôt désaffecté. Il fait sombre. Je suis dans ma voiture et j'ai mal au crâne. Je recherche quelque chose pouvant m'aider à éclaircir la situation et découvre une pancarte accrochée au mur : *Welcome to Joe's Case, Goleta.*

OK, je suis dans une casse, à Goleta… seulement à une vingtaine de minutes de mon lieu de travail.

Qu'est-ce que je fous là, putain !

Chancelant, je sors de mon SUV et au fur et à mesure que j'avance dans le bâtiment, l'odeur de sang me monte au nez et je le plaque au creux de mon bras pour éviter les hauts le cœur. J'avance lentement, à l'affût du moindre bruit et m'arrête net devant la scène macabre qui s'offre à moi.

ASSASSIN

Au sol : du sang. Sur les murs : du sang. Au plafond : du sang. Et au milieu de la pièce, le corps sans vie de Mendoza, attaché sur ma table d'opération.

Comment mon matériel s'est retrouvé dans cet endroit ?

Je dois être au beau milieu d'un cauchemar et ne vais pas tarder à me réveiller. Je n'ai jamais laissé Azraël prendre le contrôle de la situation. Si je l'ai créé, c'est uniquement dans le but de m'aider à mettre à profit ma violence en faveur de la bonne cause. Pas à tuer… comme ça !

Normalement, tous ses actes sont méticuleux, il fait en sorte que chaque geste soit effectué avec précision, que chaque blessure ait son importance. Il se nourrit du cri de ses victimes et de leur souffrance mais jamais, il n'avait mutilé un corps de la sorte.

Depuis des années, Azraël est mon alter ego. Je n'aurais jamais imaginé qu'un jour, je souhaiterais m'en séparer. En effet, il me permet d'évacuer ma colère, de laisser le démon qui sommeille en moi s'exprimer pour qu'ensuite, Isaac Wolfe prenne la relève pour sauver des vies en compensation de celles qu'Azraël a ôtées. Je suis une sorte de Ying et de Yang sur pattes, de Dr Jeckyll et Mr Hyde à moi seul… mi-ange mi-démon.

Je suis à la fois un assassin-justicier et un samaritain secouriste.

Je fais le tour de la table et examine attentivement l'œuvre d'Azraël. Au niveau des plaies sur l'abdomen, je remarque qu'elles ont été écartées et un flash me renvoie l'image de ses mains en train d'écarteler les tissus et d'arracher ensuite les organes.

Je secoue la tête, dégoûté, et continue mon exploration. Un détail attire immédiatement mon attention lorsque je regarde le visage de Mendoza. En effet, si d'ordinaire, Azraël crève les yeux de ses victimes, ici, il les a arrachés. Je remarque également que les tympans ont été percés et le bruit d'une perceuse électrique me revient en mémoire.

Il n'a jamais utilisé ce genre d'outil…

Je m'approche un peu plus près et aperçois quelque chose au niveau de la bouche du dealer. Je jette un regard autour de moi, trouve une boîte de gants et m'empare d'une paire que je passe immédiatement. Je reviens près du cadavre, ouvre sa bouche et découvre que non seulement il n'a plus de dents mais également plus de langue.

Mais qu'est-ce que j'ai laissé faire ?

Je décide d'arrêter là mon exploration. De toute façon, je vais devoir nettoyer tout le bazar qu'a laissé Azraël derrière lui, je verrai bien à ce moment-là, comment il a exécuté sa victime.

Ça ne se passe jamais comme ça. Il y a tout un protocole à respecter : des dates fixes, des schémas en fonction des crimes de ses victimes, un lieu choisi pour son isolement mais également pour son éloignement avec ma vraie vie.

Aujourd'hui, Azraël a tout chamboulé et je ne comprends

pas comment cela a pu arriver.

Qu'est-ce qui a changé ?

Chapitre 17

Aymie

Je sais que L'Ange de la mort va bientôt frapper de nouveau et cela va faire une semaine que je n'en dors plus. Je ne vis plus que pour cette enquête et il ne reste plus que deux jours avant la date fatidique. Malgré tous les efforts déployés par les agents de police et le FBI, toutes nos pistes ne mènent nulle part.

Je surveille compulsivement mon téléphone afin de voir si j'ai des nouvelles d'Isaac. La dernière fois que j'en ai eue remonte à trois jours et depuis, il n'a jamais répondu à mon dernier message. J'imagine qu'il a dû enchaîner les gardes et qu'il doit être crevé mais ça ne lui ressemble pas de faire silence radio pendant autant de temps – bien que notre relation soit toute récente, en quinze jours, c'est la première fois que cela arrive.

ASSASSIN

— Agent Dixon ?

Je relève la tête et découvre le Lieutenant Carter, blanc comme un linge.

— Il y a un problème ?

— Le capitaine et l'Agent Hawkins vous attendent en salle de réunion.

— Qu'est-ce qui se passe ? On a du nouveau sur notre tueur ? demandé-je, excitée à l'idée que l'enquête puisse enfin avancer.

— On a un corps.

— Quoi ? Mais… Non ! C'est impossible ! Il ne peut pas changer deux fois son mode opératoire ! Ce n'est pas la bonne date !

— Eh bien… si ce n'est pas lui, les habitants de Santa Barbara ont de gros soucis à se faire car cela voudrait dire que nous sommes à la recherche de *deux* dangereux psychopathes.

— Attendez une minute. Vous pensez qu'il pourrait s'agir de quelqu'un d'autre ?

— Je ne suis pas assez expérimenté pour répondre à cette question, Agent Dixon. Vous devriez attendre de voir les photos du corps pour avoir vos réponses.

Intriguée, je le suis à travers le poste de police et vais rejoindre mon partenaire ainsi que les autres membres de l'équipe. Lorsque nous arrivons dans la pièce, je suis surprise de découvrir mon boss, l'Agent Spécial Turner, ainsi que tous les autres membres de mon équipe au FBI : Brexton, Ward, Patterson et Harper.

Je les salue d'un signe de tête et prends place autour de la table.

L'ambiance est tendue, le Colonel Sainclair et mon Chef s'entretiennent dans un coin de la pièce tandis qu'Hawkins parle avec Ward puisqu'ils sont tous les deux assis l'un à côté de l'autre. Sur le tableau, une bâche a été posée afin de dissimuler les photos et je n'attends qu'une chose : voir ce qu'il y a derrière.

Tout à coup, le Chef fronce les sourcils et pointe du doigt le Colonel Sainclair puis après un dernier regard noir, il se place en bout de table tandis que l'autre homme se met en retrait.

— Bonjour à tous. Je suis l'Agent Spécial Turner, le responsable du dossier de L'Ange de la mort pour le FBI de Sacramento. Le Bureau et moi sommes venus aussi vite que nous avons pu lorsque nous avons eu connaissance des derniers rebondissements. Nous allons tout faire pour arrêter ce ou ces psychopathes…

J'interromps mon patron :

— Comment ça, *ces* psychopathes ?

ASSASSIN

— Pas maintenant, Agent Dixon.

— Mais…

— J'ai dit, pas maintenant.

Telle une enfant réprimandée devant tout le monde, j'acquiesce d'un signe tête et abdique en lâchant un soupir.

— Je suppose que certains d'entre vous se demandent pourquoi nous avons mis une bâche sur le tableau et la réponse est simple : si vous n'avez pas le cœur bien accroché, je vous demanderai de quitter la pièce avant que je ne la retire. Si vous ne vous sentez pas capable de regarder ces images, je ne vous en voudrais pas. Je sais que vous n'êtes pas habitués à ce genre de crimes et croyez-moi, malgré toutes ces années à travailler pour le FBI, je ne le suis toujours pas. Alors, pour ceux qui le désirent… la porte se trouve derrière vous.

L'Agent Turner prend quelques secondes avant de débâcher le tableau, le temps que les moins téméraires quittent la salle puis une fois que plus personne ne bouge, il dévoile les photos.

— La victime s'appelle Rodrigo Mendoza. Sa réputation dans le coin n'est plus à faire. C'est un dealer notoire, relâché il y a seulement quelques jours par les Stups. Il vendait de la came de mauvaise qualité responsable de la mort de plusieurs gamins.

Putain. De. Bordel. De. Merde. C'est. Quoi. Ça ?

Clémence Lucas

Je suis sans voix. Effectivement, au premier abord, tout semble indiquer qu'il s'agit d'un autre tueur et cela ne me rassure guère. De toute évidence, nous avons affaire à une sorte de *copycat* qui s'amuse à être encore plus violent que l'original. Si l'info vient à chuter, la panique va envahir la population et la presse va s'en donner à cœur joie. Pire que cela : Allison Mc Allistair va encore venir fourrer son nez au milieu de tout ce merdier, alors que nous sommes déjà suffisamment sur les dents.

Est-ce que je dois rajouter le fait qu'elle va me mettre encore plus sur les nerfs avec ses faux-airs de sainte-nitouche ?

Je reporte mon attention sur les photos mais de là où je me trouve, je ne vois pas très bien. Ainsi, je me lève et examine de plus près l'horreur qui s'étale devant moi. Sur un côté, il y a les photos des organes qui ont été retrouvés près de la victime, au milieu, il y a les agrandissements des plaies infligées et tout à coup, quelque chose m'interpelle. C'est comme si deux personnes s'en étaient pris à Mendoza. L'un, désordonné, violent, sanguinaire, vicieux… L'autre, méticuleux, obsessionnel, violent aussi mais d'une certaine façon, plus dans le contrôle.

J'attrape deux photos différentes et les observe à tour à tour. Sur celle de gauche, il s'agit de la plaie par laquelle le tueur a arraché un des reins du dealer. Sur la photo de droite, il s'agit d'une incision au niveau de l'artère fémorale gauche. L'entaille est précise et suffisamment profonde pour que la victime se soit vidée de son sang rapidement.

Qu'est-ce qui a pu bouleverser sa vie pour qu'il change son mode opératoire ? Pourquoi précipiter ses meurtres ? Pourquoi devenir aussi violent ?

ASSASSIN

Trop absorbée par mes pensées, je n'entends pas Harper s'installer à mes côtés et sursaute lorsqu'il se met à parler.

— T'as pas l'air en forme, Dixon.

— Merci, Harper, ça fait vraiment plaisir à entendre.

Il éclate de rire et me tape sur l'épaule.

— Tu sais bien que je plaisante. Alors, à quoi tu penses, petite fille ?

Tout en souriant, je lève les yeux au ciel. Harper est le plus âgé de l'équipe et il agit avec chacun d'entre nous comme s'il était notre grand frère.

— Je suis complètement paumée, Harper. Dis-moi, toi, qu'est-ce que ces photos te racontent ?

Harper fronce les sourcils et étudie les clichés avec une attention accrue.

— Je pense que c'est notre gars, Dix, marmonne-t-il au bout de plusieurs minutes.

Je secoue la tête, totalement en désaccord avec ses conclusions.

— Pourtant, tu sais très bien que ce n'est pas dans ses habitudes de changer ses méthodes !

— Je sais mais je suis certain que c'est lui. Regarde cette

photo, dit-il en la mettant sous mes yeux. L'incision est parfaitement exécutée, comme celle de L'Ange de la mort.

— Oui mais si tu regardes ton autre photo, tu vois bien que ça n'a rien à voir. On dirait un travail de boucher comparé à celui d'un chirurgien plastique !

— Écoute, mon idée va peut-être te paraître tordue mais… si c'était bien la même personne et que dans ce crime, elle se battait contre elle-même ?

J'écarquille les yeux, surprise qu'Harper dise tout haut ce que je pensais tout bas.

Et si ma théorie n'était pas si fausse et que notre assassin cherchait à se faire arrêter ? Et si c'était ça, son erreur ? Ce meurtre ?

— Comme si il avait un dédoublement de la personnalité, tu veux dire ?

— Oui, c'est ça, exactement. Imagine : on sait que L'Ange de la mort aime tuer à date fixe, son travail est scrupuleux, il se sent investi d'une mission en exécutant des criminels mais ce n'est pas sa partie la plus sombre. Quelque part, au fond de lui, il éprouve ce besoin viscéral de voir couler le sang à flots, de faire endurer la douleur, de voir souffrir ses victimes… Peut-être qu'il se canalise en essayant de créer une routine dans son mode opératoire et que quelque chose vient de perturber son équilibre.

Je reporte mon attention sur les photos afin d'essayer d'envisager les faits sous un autre d'angle. Plus je les regarde, plus je me dis qu'Harper et moi avons mis le doigt sur quelque chose : il ne s'agit pas d'un imitateur mais bel et bien de notre gars. Un frisson glacé me traverse tandis que l'idée s'insinue dans mon esprit.

— Oh, toi, telle que je te vois, tu as une idée derrière la tête, dit Harper, curieux. Je donnerais n'importe quoi pour savoir ce qui se trame dans ce joli petit crâne.

— Je sais qu'on tient quelque chose mais je ne sais pas encore quoi. Il ne me reste plus qu'à tout faire pour étayer cette théorie.

— Tu as raison, petite fille, si ton instinct te dit de foncer alors suis-le !

Harper pose une main amicale sur mon épaule puis il se lève et retourne auprès des autres membres de l'équipe. Je crois que pour la première fois depuis longtemps, nous venons de progresser dans notre enquête et je vais mettre tous les moyens en ma possession pour coincer ce salopard !

Chapitre 18

Isaac

Je rentre de ma journée de garde complètement épuisé et m'affale sur le canapé. J'attrape la télécommande sur la table basse et allume la télé. Aussitôt la chaîne des informations apparaît à l'écran et je découvre Allison Mc Allistair, en direct de Santa Barbara.

Bon sang ! Il ne manquait plus qu'elle !

Cette femme est un véritable vautour qui voue une admiration perverse non dissimulée à L'Ange de la mort. Je n'ai jamais vu une journaliste aussi peu impartiale.

Si elle est là, c'est qu'elle a sûrement eu vent des derniers méfaits d'Azraël et cela signifie que les autres charognards ne vont pas tarder à arriver. Lorsque la presse à vent des rebondissements de cette affaire, la région où mon alter-ego sévit devient ingérable et à chaque fois, il faut que nous changions de destination. Cependant, je n'ai pas très envie de quitter Aymie pour le moment et quelque chose me dit que si je déménage et que nos chemins se recroisent suite à une nouvelle série de meurtres, cette fois, elle comprendra que… je suis lié au coupable.

Et ça, ce n'est pas à l'ordre du jour !

J'éteins la télé et attrape mon smartphone. Je suis certain qu'Aymie est débordée mais depuis quatre jours, elle ne répond pas à mes messages. Peut-être veut-elle qu'on arrête de se voir mais dans ce cas, elle pourrait avoir la décence de se conduire en adulte responsable et de me le dire au lieu de m'ignorer. Ce serait un minimum après les nuits que nous avons passées tous les deux, non ?

```
    Moi : J'ai vu les infos. Comment tu te
sens ?
```

Je m'apprête à reposer mon téléphone mais je vois apparaître les petites bulles indiquant qu'elle est en train de répondre.

Aymie : J'ai connu mieux.

Moi : Tu veux passer ?

Aymie : Pas le temps. Toute l'équipe a débarqué, le chef veut qu'on passe la nuit au poste.

Moi : Demain ?

Aymie : J'espère.

Merde !

Si toute son équipe vient d'arriver, c'est que mes jours à Santa Barbara sont comptés. En plus, avec les derniers agissements d'Azraël, je ne peux plus me faire confiance. Et si je les menais tout droit à moi ? Et si mon alter ego me menait à ma perte ? Je n'ai jamais dérogé à nos champs d'action, j'ai toujours respecté consciencieusement les règles que j'avais fixées afin de rester dans l'ombre tout en continuant nos crimes.

Pourquoi ferait-il une chose pareille ?

Oubliée la fatigue, je suis tellement sur les nerfs que je pourrais tuer quelqu'un mais je ne dois pas m'emporter. Je dois faire profil bas.

ASSASSIN

Le lendemain matin, je suis réveillé par des coups frappés à ma porte d'entrée. J'attrape mon smartphone sur la table de chevet et vérifie l'heure : 7 h 22.

Qui peut bien venir à cette heure ?

Je me lève, attrape un T-shirt dans mon armoire et vais ouvrir la porte. Je suis désagréablement surpris de me retrouver nez à nez avec l'Agent Spécial Hawkins.

— Oh, désolé, je vous réveille ? demande-t-il faussement affecté.

— Qu'est-ce que vous foutez là ?

— Vous ne m'invitez pas à entrer ?

— Non.

— Voyons, Isaac, je suis certain que vous aimeriez un peu plus d'intimité pour avoir cette discussion.

— Le seuil de la porte me convient très bien, James.

— C'est Agent Spécial Hawkins.

— Et moi, Dr Wolfe, rétorqué-je sans me démonter.

— OK, *Dr Wolfe*, où étiez-vous avant-hier soir ?

Dans un hangar désaffecté… avec Rodrigo Mendoza.

— Je peux savoir en quoi ça vous regarde ?

— Parce que si tu as réussi à berner à ma coéquipière avec tes sourires moi, en revanche, *je sais* que d'une manière ou d'une autre, tu es mêlé à tout ça. Il y a trop de coïncidences et je ne crois pas aux coïncidences.

Et là, qu'est-ce-que je dis ?

— Je t'ai posé une question, t'as du mal à y répondre ? Est-ce qu'il faut que je t'emmène faire un tour au poste pour te délier la langue ?

— J'ai été de garde jusqu'aux alentours des vingt-trois heures et ensuite, je suis rentré chez moi dormir, ça vous va ? rétorqué-je froidement.

— Quelqu'un peut en témoigner ?

Je ricane.

— Si c'est votre façon de savoir si l'Agent Spécial Dixon était dans mon lit, la réponse est non. Comme je vous l'ai dit, je suis rentré dormir et ce n'est pas ce que je fais si votre partenaire est à mes côtés.

— Ça suffit, Wolfe, arrête de faire ton malin ! Un nouveau meurtre vient d'être commis et tu n'as pas d'alibi. Si tu veux mon avis, ça sent mauvais pour toi.

— Encore faut-il que vous ayez une preuve de ce que vous avancez ! C'est le cas ?

En guise de réponse, il fronce les sourcils et me lance un regard furieux.

— Je t'ai à l'œil, Wolfe ! Je ne sais pas comment je vais m'y prendre mais je t'aurai, je t'en fais la promesse !

Cette fois, il ne me laisse pas en placer une et quitte le perron.

Je le regarde s'éloigner et remonter dans son véhicule puis je vais dans la cuisine me préparer du café. Décidément, cet enfoiré d'Hawkins a décidé de ne pas lâcher l'affaire. J'ai l'impression que l'étau se resserre autour de moi et je ne vois pas par quel biais lui échapper.

Et s'il était venu le temps de tout arrêter ?

C'est bien beau mais comment vais-je faire pour canaliser ma colère ? Comment trouver l'équilibre parfait ? J'ai déjà essayé de mettre dans un coin de ma tête ma nature profonde, je me suis essayé aux sports de combat mais j'ai été rapidement viré – ce jour-là ils avaient dû se mettre à trois sur moi pour m'empêcher de tuer mon adversaire, j'avais été littéralement entraîné par ses cris de douleur et son sang qui jaillissait de partout sur son visage. Ensuite, j'ai essayé des traitements expérimentaux sur les troubles de la personnalité mais les effets secondaires me rendaient malade et me donnaient envie de dormir, il était alors très difficile d'assurer mes cours.

J'ai peur que si je ne trouve pas un exutoire, je ne devienne qu'une bombe à retardement dont les dégâts pourraient être encore plus atroces que les derniers crimes.

J'aimerais trouver la force nécessaire pour tout abandonner et peut-être me donner la chance de pouvoir approcher le bonheur.

Je sens au fond de moi qu'avec Aymie à mes côtés, je pourrais être heureux mais comment allier mes deux personnalités ? De plus, ma petite-amie est un Agent Spécial du FBI. Si jamais, je venais à être démasqué, Aymie finira – dans le meilleur des cas – par être mise à l'écart en se retrouvant enfermée dans un bureau à trier des papiers. Dans le pire des cas, elle sera mise à la porte, tout simplement. Je sais combien son métier est important pour elle et je ne peux pas être la raison de son renvoi. Et puis…

Comment réagira-t-elle lorsqu'elle découvrira ce que se cache au plus profond de moi ? C'est simple : elle sera anéantie et j'aurais fait avec elle, ni plus ni moins que ce qu'Azraël fait de ses victimes.

Je dois tout mettre en œuvre pour qu'il reste loin, très loin de la surface. Le temps de me remettre les idées en place et de trouver un plan d'action. Je ne peux pas rester dans cette situation. Je dois me protéger et protéger celle que j'aime.

Quoi ? D'où est-ce que ça sort ça ? Depuis quand je crois être amou-

reux ?

Décidément, je dois avoir la tête à l'envers encore plus que je ne le croyais. Il ne peut pas en être autrement, si ?

Chapitre 19

Aymie

Il est un peu plus de dix heures lorsque je quitte le poste de police. Nous avons passé toute la nuit à revoir les trois derniers meurtres et après avoir débattu pendant de nombreuses heures, j'ai réussi à imposer ma nouvelle théorie. Désormais, toute l'équipe est d'accord pour dire qu'il s'agit bien de l'œuvre de L'Ange de la mort.

Le dernier rapport d'autopsie révèle des traces de chloroforme utilisé pour assommer la victime mais également une brûlure de taser dans les côtes. Il s'agit là d'un des aspects du mode opératoire de notre psychopathe. Par ailleurs, l'étude approfondie des blessures indique que même dans les cas où il a utilisé ses mains pour extraire les organes, les incisions préalables avaient été réalisées à l'aide d'un scalpel, les coupures étaient aux bons endroits afin que les extractions se passent dans les meilleures conditions possibles et le tout, minutieusement exécuté.

Cet enfoiré savait donc ce qu'il faisait et s'est juste amusé à faire souffrir davantage sa victime puisque le légiste a révélé que la plupart des blessures avaient été infligées *ante mortem*, comme les fois précédentes ainsi qu'une forte concentration d'épinéphrine dans l'organisme de Mendoza. En revanche, le docteur a souligné que pour la première fois, la blessure ayant causé le décès de la victime a été le sectionnement de l'artère fémorale. Comme si notre tueur voulait tout à coup abréger ses souffrances.

J'arrive à hauteur de mon 4x4 lorsqu'une voix – que je rêvais de ne plus entendre avant longtemps – m'interpelle.

— Bonjour, Agent Spécial Dixon, vous avez une minute ?

— Non, Allison, je suis crevée et rentre à l'hôtel.

— Allez, s'il vous plaît, Aymie. Accordez-moi juste quelques questions ? La population a le droit de connaître ce qui se passe dans sa ville ? Les gens ont besoin de savoir si L'Ange de la mort a jeté son dévolu sur Santa Barbara !

— Les gens, vous dîtes ? Vous êtes sûre que ce n'est pas simplement vous qui voulez savoir s'il est là ? Vous savez, *Allison*, j'ai toujours trouvé que vous aviez un drôle de rapport avec cette enquête et votre présence, ici, aujourd'hui, me prouve que j'ai raison. Vous devriez renouveler vos obsessions, Allison.

Clémence Lucas

— Donc, vous confirmez qu'il s'agit bien de lui ? demande-t-elle sans prêter attention à mes remarques.

— Je ne confirme rien du tout. Rentrez chez vous, Miss Mc Alistair.

Je ne la laisse pas répondre et monte dans ma voiture puis je quitte le parking du commissariat sans un regard en arrière. Il ne manquait plus que je tombe sur elle pour m'achever après une nuit entière à bosser sur les moindres détails de cette enquête.

Je jure que le jour où on mettra enfin la main sur ce salopard, je prendrai au moins un mois de vacances bien méritées ! Mais pour le moment, je vais seulement aller me reposer avant de retourner bosser.

Je ne sais pas pourquoi mais je me réveille avec l'impression de mourir de chaud et mes jambes sont coincées dans les couvertures. Tout à coup, je sens comme de légers baisers sur ma nuque et je tourne la tête.

— Bonjour, belle endormie.

— Qu'est-ce que tu fais dans ma chambre d'hôtel ? réponds-je en m'étirant.

— Disons plutôt, qu'est-ce que *toi*, tu fais dans mon lit ?

ASSASSIN

Je le regarde en fronçant les sourcils et me frotte le visage.

Qu'est-ce qu'il raconte ?

Face à mon air intrigué, il éclate de rire puis il m'embrasse le bout du nez.

— Tu es arrivée ici un peu après dix heures. Tu étais complètement épuisée, je t'ai proposé un café et quand je suis revenu avec, tu t'étais endormie sur le canapé.

— Ça n'explique pas le lit et…

Je soulève les draps et découvre que je suis entièrement nue.

— Ça ! terminé-je en montrant mon corps d'un geste de la main.

—Je me suis dit que le lit serait plus confortable.

— Et pour mes fringues ?

— C'était purement égoïste de ma part.

Cette fois, à mon tour d'éclater de rire face à sa réponse.

C'est tout Isaac : prévenant et égoïste à la fois, et ce, avec classe !

Il se penche au-dessus de moi, m'embrasse tendrement et alors que je rêve de prolonger cette étreinte, il se redresse et sort du lit.

— Je suis désolé, Aymie, mais je dois aller prendre ma garde. Je t'aurais bien réveillée plus tôt afin de pouvoir abuser de ce joli petit corps que tu t'évertues à cacher sous les draps mais tu étais tellement crevée que je n'ai pas eu le cœur de le faire.

Heureuse de sa réponse mais légèrement déçue, je fais la moue et Isaac sourit.

— Ne fais pas cette tête, nous pourrons nous rattraper, demain.

— Si mon boss me laisse souffler. Maintenant qu'il est sur les lieux, je ne vais plus avoir beaucoup de temps libre.

— Parce que tu trouves que tu en avais *beaucoup* avant ? Tu ne vis que pour ton boulot, Aymie et je le comprends parfaitement puisque c'est également mon cas. Si ce n'est pas demain, nous trouverons une autre solution.

À l'écouter, ça a l'air si simple. Pourtant, je sais que ce n'est pas le cas. L'Agent Spécial Turner est un véritable bourreau de travail, il n'a besoin que de quelques heures de sommeil par-ci, par-là pour être opérationnel et attend de chacun des membres de son équipe la même implication que lui. Et maintenant qu'il est à Santa Barbara, je sais qu'il ne va pas me lâcher alors que L'Ange de la mort en est déjà à son troisième meurtre en moins de trois mois.

— J'espère que tu as raison…

ASSASSIN

— J'ai raison, affirme-t-il en ancrant son regard dans le mien. Aie confiance en moi, Aymie.

— J'ai déjà confiance en toi, Isaac. Autrement, je ne crois pas que j'aurais atterri ici à la fin de ma journée de boulot, tu ne penses pas ?

Il m'offre un sourire mais je remarque immédiatement qu'il n'atteint pas ses yeux. Une lueur fugace brille dans ses prunelles et j'aimerais bien comprendre pourquoi elle est apparue. J'aurais pensé qu'il soit heureux d'apprendre que j'ai entièrement confiance en lui pas qu'il en soit presque… déçu ?

Je fronce les sourcils et m'apprête à lui demander ce qui ne va pas quand soudain, il se jette sur moi. Ses lèvres s'écrasent brutalement sur les miennes et je laisse échapper un long gémissement lorsque sa langue s'entremêle à la mienne et que sa main experte trouve mon sein gauche.

Comme à chaque fois qu'il m'embrasse ainsi, j'ai l'impression que tout mon corps entre en combustion. Ce type agit sur moi telle une drogue sur un toxicomane : j'ai l'intime conviction que jamais, je ne serai rassasiée de lui. Et alors que j'enroule mes jambes autour de ses hanches et que dans cette position, je ne peux que constater qu'il est dans le même état que moi, il interrompt notre baiser et à bout de souffle, pose son front contre le mien.

— Qu'est-ce que tu me fais, Aymie ?

Il murmure cette phrase tellement doucement que je me

demande un instant si je ne l'ai pas rêvée mais lorsqu'il se redresse et que je croise son regard, je comprends qu'il l'a bien prononcée.

Pour la première fois que je le connais, Isaac semble complètement perdu. J'aimerais qu'il me dise ce qu'il a sur le cœur, pourquoi il semble si chamboulé mais je me retiens. Premièrement, notre relation est bien trop récente pour que je le pousse à s'ouvrir à moi. Deuxièmement, je suis un Agent Spécial du FBI qui passe le plus clair de son temps à soutirer des informations. Si je veux que notre histoire fonctionne, je dois être Aymie Dixon et non l'Agent Spécial Dixon. Et troisièmement, je sais très bien que s'il m'a embrassée de cette manière-là, c'est uniquement pour faire court-circuiter mon cerveau et que je ne lui pose pas de questions. Je l'ai très bien compris et je me dois de respecter son choix. On a tous le droit à un jardin secret.

Appuyée contre la tête de lit, je le regarde remettre en place sa chemise et son pantalon. D'une voix monocorde, il me dit :

— Tu peux prendre tout ton temps. Il y a du café dans la cuisine. Tu n'auras qu'à claquer la porte en partant, elle se verrouille automatiquement.

Il hésite à revenir vers moi et finalement, me lance un sourire puis il me tourne le dos, prêt à quitter la chambre.

ASSASSIN

Sans réfléchir, je l'interpelle :

— Isaac ?

Il s'arrête et me lance un regard par-dessus son épaule.

— Passe une bonne journée et sauve plein de vies !

À la lueur que j'aperçois dans son regard, je sais qu'il me sourit vraiment et je suis heureuse d'avoir réussi à le toucher.

— Toi aussi, Aymie.

Cette fois, il quitte la pièce et lorsque j'entends la porte d'entrée claquer derrière lui, je m'allonge sur son lit et fixe le plafond.

Isaac Wolfe est décidément un homme difficile à cerner, il souffle sans cesse le chaud et le froid et j'espère qu'un jour, il me fera suffisamment confiance pour m'ouvrir son cœur.

Chapitre 20

Isaac

Je suis complètement inconscient ! Mais qu'est-ce qui m'a pris de laisser Aymie, seule, chez moi ? Et si, elle se mettait à chercher dans la maison et qu'elle tombait sur quelque chose qu'elle ne devrait pas trouver ? Je sais que je suis en train de flipper pour rien car elle m'a avoué me faire confiance et que je ne laisse rien traîner sur mes activités externes à la maison. Néanmoins, maintenant qu'Azraël s'amuse à me jouer des tours, je n'ai pas l'esprit tranquille.

J'arrive au Cottage Hospital et lorsque je commence ma garde, la mauvaise sensation que je ressentais en quittant Aymie est toujours là. D'accord, je sais très bien que cette révélation ne devrait pas me faire péter les plombs mais c'est le cas et je suis complètement déstabilisé. Je n'avais jamais éprouvé des sentiments pareils, une sorte de joie incommensurable et d'immense déception.

Cette femme commence à prendre une place importante dans ma vie et je sais d'avance que notre histoire va mal se terminer. Si seulement je n'étais pas obligé de lui faire du mal…

Pourtant, je sais que c'est inévitable.

Vers seize heures, alors que nous profitons d'une accalmie aux urgences, je rejoins Marlon à la cafétéria pour grignoter un bout avant de retourner au charbon. La femme de mon ami approche à grands pas de son terme et il est autant, voire encore plus paumé que moi, c'est dire !

Cela fait déjà cinq minutes qu'il n'arrête pas de se plaindre des idées des plus loufoques qu'à sa femme depuis le début de sa grossesse et même si j'avais déjà mon opinion sur l'envie d'avoir des enfants – en l'occurrence, il s'agirait plutôt de la non-envie d'en avoir –, découvrir Marlon dans cet état ne fait que confirmer mes choix.

De toute façon, je ne vois pas comment je pourrais être père. Sans rire, vous m'imaginez avec un gamin dans les bras ? Im-po-ssi-ble ! Je lui léguerai quoi ? Le parfait petit attirail du tueur en série ? Même pas en rêves !

— Donc, cette nuit, alors que je ne devais dormir que depuis une heure et que j'étais crevé après ma garde, Andrea m'a réveillé car elle avait envie d'un Smoothie à la fraise.

— Et, elle ne pouvait pas se lever et aller se le faire ?

— Eh bien non, figure-toi car elle a décidé que tant que son colocataire n'avait pas quitté son utérus, elle me ferait payer le fait de l'avoir mise dans cette situation.

— Arrête-moi si je me trompe, mais elle en voulait bien de ce bébé, non ?

— Bien sûr ! Elle m'en a parlé pendant des mois avant que je n'accepte d'en faire un. Mais maintenant qu'elle a pris une quinzaine de kilos, qu'il fait chaud, que le bébé ne veut pas sortir et que ses hormones sont en folie, elle a choisi de s'en prendre à moi.

— Sympa ! m'exclamé-je en haussant les sourcils.

— Comme tu dis… Bon assez parlé de moi. Où est-ce que tu en es avec l'Agent Sexy ? Quand est-ce que tu vas te décider à nous la présenter ?

Je manque de recracher mon verre d'eau et lui lance un regard confus.

— Tu rigoles, là, hein ?

— Ben, non ! Si ça devient sérieux entre vous, il va bien falloir qu'elle rencontre tes amis.

ASSASSIN

Alors, ça, ça ne m'a même pas effleuré l'esprit ! Et je ne suis même pas sûr d'en avoir envie.

— Tu sais, Aymie est très occupée par son enquête et je ne pense pas qu'elle puisse se dégager du temps pour une rencontre avec mes potes.

— Dis plutôt que tu préfères passer chaque seconde, seul avec elle. Espèce de pervers !

Marlon éclate de rire tandis que je lui lance un regard noir.

Pour le coup, il n'a pas tout à fait tort… Je suis certain qu'Aymie n'aurait rien contre le fait de rencontrer mes amis mais j'avoue que je préfère passer le peu de temps que nous arrivons à nous octroyer ensemble plutôt que de la partager avec ma bande qui je suis sûr, ce ferait un malin plaisir à me charrier tout du long.

— T'es vraiment qu'un crétin, Marlon !

— Oh, ça va ! Si on ne peut plus plaisanter !

En guise de réponse, je lui offre un discret doigt d'honneur en attrapant mon soda sur la table.

— Ah, bravo. Très classe, Dr Wolfe.

— À la hauteur de vos insinuations, Dr Riggs.

Tout à coup, mon bipper se met à sonner. Je le sors de la poche de ma blouse et découvre qu'il s'agit du code pour un accident de la voie publique. Je récupère mon plateau, salue Marlon et retourne prendre mon service.

Cette conversation devenait un peu trop intime à mon goût et cette urgence tombe à point nommé.

Lorsque j'arrive dans le service, je découvre un véritable chaos : des gens pleurent, d'autres crient sur les infirmières de l'accueil tandis que plusieurs victimes sont amenées par les brancardiers dans les salles d'examen. Je cherche l'infirmière en chef et l'interpelle afin qu'elle m'explique la situation.

— Maggie, qu'est-ce qu'on a ?

— Un bus scolaire s'est renversé sur la route de Las Positas, les gamins se rendaient à Elings Park, des voitures n'ont pas eu le temps de freiner. On va en avoir pour toute la nuit et comme vous êtes le titulaire, responsable du service pour aujourd'hui, c'est à vous de nous dire ce que vous attendez de nous.

Pour la première fois que je suis ici, Maggie me laisse le contrôle des opérations et je suis fier qu'elle le fasse. Cela signifie qu'elle fait entièrement confiance en mon jugement et en mes capacités à gérer les situations d'urgences et ça, c'est la plus belle des récompenses pour un bourreau de travail comme moi.

— OK. Il faut mettre en place une zone de triage afin de définir les priorités. On respecte le code couleur de l'hôpital : vert, orange, rouge et noir. Je n'ai pas besoin de vous dire à quoi elles correspondent, vous le savez déjà. Et, Maggie, appelez la banque du sang. Nous ne devons pas en manquer.

— Très bien, Dr Wolfe, je m'en occupe !

— Merci.

Sans besoin d'autres explications, l'infirmière en chef attrape des dossiers et se met à donner des ordres aux membres du personnel tandis que je vais à la rencontre des ambulanciers qui arrivent avec d'autres blessés.

Je sens que la journée va être longue…

J'aurais dû terminer mon service à minuit mais il est plus de trois heures du matin lorsque j'entre dans ma maison. Je dépose mon portefeuille et mes clés sur la console à l'entrée et découvre un bout de papier. Je le déplie et le lis.

Merci de m'avoir prêté ton lit. J'espère que la prochaine fois, tu ne me laisseras pas toute seule dessus… À demain, peut-être. Je t'embrasse. Aymie.

Bon sang ! Avec toute l'agitation qu'il y a eu aux urgences, je n'avais plus repensé à Aymie et mes préoccupations de la journée. Bien que ce mot ne laisse aucunement supposer qu'elle ait fouillé ma maison, je me sens tout de suite soulagé.

Azraël n'a pas réussi à laisser un indice susceptible de tout foutre en l'air.

Je vais dans la cuisine me servir un verre d'eau fraîche puis après avoir retiré mon T-shirt, je vais dans le salon regarder quelques minutes les informations avant d'aller me coucher. À peine je m'installe sur le canapé et allume la télé que je tombe une nouvelle fois sur un reportage d'Allison Mc Allistair. Celle-ci montre des images d'Aymie – filmée par une caméra cachée – qui refuse de lui donner des éléments de l'enquête.

Je regarde à l'écran la femme qui me fait perdre la tête et peu à peu, je sens la fatigue accumulée ces derniers jours s'abattre sur mes épaules telle une chape de plomb et sombre dans les bras de Morphée.

— Tu n'es qu'un bon à rien, Isaac !

Recroquevillé dans un coin de ma chambre, j'attends que la tempête passe. Ce soir, mon père a de nouveau bu une bouteille de whisky et a décidé de s'en prendre à moi… encore…

— Comment j'ai pu avoir un fils aussi minable que toi ?

La première fois qu'il a commencé, j'avais cinq ans. J'étais en train de jouer dans le salon avec mes petites voitures lorsqu'il s'est mis à crier car je faisais trop de bruit. Alors, j'ai continué en silence mais je le perturbais trop pour qu'il puisse suivre le match de foot à la télé.

Alors, il m'a fait taire d'un coup de poing.

Je ne compte plus le nombre de fois où il m'a battu ou rabaissé durant les trois dernières années. Je suis devenu son punching-ball. À chaque fois qu'il est dans cet état, j'essaie de rester calme, comme maintenant, en attendant qu'il passe à autre chose.

Pendant ce temps, j'ai l'impression de me déconnecter de la réalité. J'imagine être dans un dessin animé dont je suis le héros. Je suis un justicier et je me venge de tous les coups que mon père m'a portés. Je suis dans une colère noire et laisse la violence se déchaîner sur lui comme il le fait avec moi.

Même si dans la vraie vie, c'est lui qui gagne le combat, dans le mien, je l'ai complètement anéanti.

Mon super héros est là pour me protéger.

Je me réveille en sursaut, complètement désorienté et réalise que je suis chez moi, allongé sur mon canapé, la télé toujours allumée.

Putain !

Je passe une main sur mon visage couvert de sueur et me

redresse. Je pensais avoir enfoui à jamais les souvenirs de cette période de ma vie et voilà qu'ils ressurgissent de nulle part ! Je suis toujours un peu dans le brouillard et jurerais entendre encore la voix de mon père dans mon esprit.

— *Tu vas voir ce qu'il en coûte de me mettre en colère !*

Je quitte le salon précipitamment, le cœur tambourinant à mes oreilles et vais dans la salle de bains.

Je me penche au-dessus du lavabo et m'asperge abondamment le visage. Puis, je me regarde attentivement dans le miroir, essayant de me concentrer sur autre chose que mes souvenirs.

Tout à coup, l'image d'Aymie s'insinue dans mon esprit et ma respiration commence doucement à s'apaiser. Je quitte la pièce et vais dans ma chambre. Le sommeil m'a désormais quitté mais je m'allonge quand même sur le lit et fixe le plafond, les draps serrés entre mes doigts, stressé à l'idée que mes cauchemars reprennent si je tente de fermer les yeux.

Je ne veux pas ressentir ça…

ASSASSIN

Chapitre 21

Isaac

Après une nuit des plus agitées, je prends mon café, assis sur les marches du perron, et regarde le soleil se lever. Ce rituel matinal me permet de chasser mes idées noires et de faire le point sur ma situation.

Chaque jour, je mesure les risques à rester dans la même ville trop longtemps. Chaque jour, je me demande comment sera ma vie sans Aymie. Chaque jour, j'aimerais être un homme meilleur. Et chaque jour, je me rappelle qui je suis et pourquoi je ne le serai jamais.

J'ai accepté ma condition, il y a maintenant plusieurs années, je sais que je suis une cause perdue et qu'aucun traitement n'est assez efficace pour m'aider à m'en sortir. Et puis, après tous les corps laissés sur notre passage, vous pensez sincèrement que je vais m'en tirer avec des soins psychiatriques et une tape sur la main ? Dans le pire des cas, je finirai ma vie en prison et mourrai de vieillesse. Dans le meilleur, je finirai dans le couloir de la mort.

Ce qu'Azraël et moi faisons est impardonnable.

Ainsi, chaque jour, je me bats contre mes démons et fais en sorte d'être le plus performant de ma profession en sauvant autant de vies que je le peux. Je veux qu'un jour, on se rappelle de *moi*, Isaac Wolfe comme le meilleur chirurgien traumatologue de sa génération. Même si je sais que c'est un vœu pieux.

Quoi qu'il arrive, tout le monde se souviendra d'*Azraël*, le plus grand tueur en série des dernières années. Isaac Wolfe ne deviendra plus qu'un lointain souvenir…

Une chimère…

Après dix heures de garde, je quitte enfin l'hôpital. Toute la journée, je n'ai pas été dans mon assiette. Je n'ai fait qu'aboyer sur les infirmières et les patients tant est si bien que tout le personnel a gardé ses distances afin de ne pas s'attirer mes foudres, mon calme légendaire s'étant fait la malle avec ces saletés de cauchemars.

Clémence Lucas

Je traverse le parking et lorsque j'aperçois mon SUV, je remarque immédiatement la jeune femme appuyée dessus.

Il ne manquait plus que ça !

— Bonsoir, Dr Wolfe. Je vous attendais.

Sans blague !

— Je peux savoir ce que vous voulez, miss Mc Allistair ?

— Une interview.

— Alors, désolé de vous décevoir mais vous avez fait tout ce trajet pour rien. Je n'ai rien à dire.

Elle prend une mèche de ses cheveux blonds entre les doigts et les entortille tout en m'observant de la tête aux pieds.

— Voyons, Dr Wolfe, je sais que trois de vos patients sont liés aux victimes de L'Ange de la mort. J'imagine que vous avez plein de choses à raconter qui intéresserait au plus haut point nos téléspectateurs.

— Eh bien, vous imaginez mal, miss Mc Allistair.

Sans jamais la quitter du regard, je la contourne et ouvre ma portière.

— Si vous ne voulez pas vous retrouver avec une injonction d'éloignement sur le dos, je vous conseille de ne plus venir m'importuner !

ASSASSIN

Et alors qu'elle ouvre la bouche pour me répondre, je ne l'écoute pas. J'entre dans ma voiture et claque vivement la portière derrière moi en guise de point final à notre conversation.

Je déteste les journalistes. Ils sont toujours là à raconter tout et n'importe quoi à mon sujet et sont à des années-lumière de la vérité. Même si Allison Mc Allistair semble bien aimer Azraël, elle reste, à mes yeux, autant un vautour que les autres et je dois tout faire pour qu'elle reste à bonne distance de moi.

Quinze minutes plus tard, j'arrive dans mon quartier et alors que je tourne pour me garer dans mon allée, je remarque immédiatement le SUV noir garé en face de la rue. Je coupe le moteur, sors du véhicule et souris tandis qu'Aymie avance vers moi.

— Salut, dit-elle en s'arrêtant à quelques mètres de la voiture. Je passais dans le coin et…

Je hausse un sourcil suspicieux et elle se met à rire.

— Bon, OK, je ne passais pas du tout par-là par hasard. J'avais simplement envie de te voir et comme hier, tu as laissé sous-entendre que tu aimerais…

Je l'interromps dans son monologue en réduisant la distance qui nous sépare et pose mes lèvres férocement sur les siennes. Lorsque je me détache d'elle, nous sommes tous les deux à bout de souffle et je lui souris.

— Je suis content que tu sois là.

Je tends la main vers elle et elle s'en empare sans aucune hésitation puis nous entrons dans la maison. Je lui propose d'aller s'installer dans le salon tandis que je vais dans la cuisine chercher une bouteille de vin et de quoi grignoter.

Quelques instants plus tard, je suis bouche bée en découvrant Aymie, ne portant qu'un minuscule ensemble de sous-vêtements rouge, alanguie sur le canapé et m'arrête en plein milieu de la pièce pour la contempler. Immédiatement, des dizaines d'images plus érotiques les unes que les autres envahissent mes pensées et je n'ai plus très soif, tout à coup.

Décidément, elle est magnifique !

— La vue te plaît ?

— Absolument.

Sans la quitter des yeux, j'avance à pas de loup vers elle et pose mon plateau sur la table basse. Une fois les mains libres, je m'agenouille devant Aymie et m'amuse à faire remonter mes doigts le long de ses longues jambes, qui aussitôt, se couvrent de chair de poule.

Son corps réagit sur-le-champ à mes caresses et elle écarte un peu plus ses cuisses pour faciliter l'accès de ma progression mais je ne lui donne pas satisfaction tout de suite. D'abord, j'ai prévu de la rendre folle de désir pour la punir d'avoir osé m'allumer de la sorte en s'offrant à moi tel Le Petit Chaperon Rouge au Grand Méchant Loup. Cette image me plaît bien et je souris en imaginant ce qui va suivre.

Aymie vient de réveiller mon appétit et je compte bien me rassasier d'elle durant toute la nuit.

Alors qu'Aymie est profondément endormie dans mon lit, je n'arrive pas à trouver le sommeil. Lorsque je suis à ses côtés, elle me fait ressentir une kyrielle d'émotions dont je ne soupçonnais pas l'existence avant qu'elle n'entre dans ma vie. En peu de temps, cette femme a su s'immiscer dans ma routine quotidienne et je crois qu'elle devient peu à peu mon point faible… Elle est en quelque sorte ma kryptonite et cela me terrifie.

Il y a bien longtemps que la peur ne faisait plus partie de mon vocabulaire. Il est loin le temps où j'étais ce petit garçon terrifiait à l'idée que son père s'en prenne encore à lui. Depuis que j'ai liquidé Bobby, ce gamin s'est volatilisé. Je me suis endurci et j'ai décidé que plus jamais, je ne connaîtrais cette sensation. Et cela a marché pendant dix-sept ans !

Même lorsque l'enquête des fédéraux progressait et que je sentais qu'ils se rapprochaient imperceptiblement, je n'ai jamais eu peur de me faire arrêter. Je connais tous les risques qui incombent à mes pratiques déviantes. Finir en prison ne m'effraie pas. La mort ? Encore moins. Je pense, au contraire, que je trouverai mon salut le jour où je quitterai ce monde. En revanche, perdre Aymie ou lui faire du mal… m'horrifie.

Et je sais que c'est inévitable.

Elle gémit dans son sommeil et vient se blottir contre moi. Instinctivement, je soulève le bras et elle pose sa tête sur mon torse. Lorsque nous sommes comme cela, je me sens enfin en paix avec moi-même et c'est la première fois depuis… *toujours*.

Et si, pour elle, je pouvais sortir de cette spirale destructrice ? Encore faudrait-il qu'Azraël ne tente pas de prendre le dessus… Avec lui, rien n'est moins sûr.

Je ne veux pas perdre tout de suite ces quelques instants de bonheur.

Même si je sais que tout cela n'est qu'éphémère…

ASSASSIN

Chapitre 22

AZRAEL

Planqué dans mon SUV, j'observe le poste de police et remarque un peu plus loin, une berline noire dont la femme qui se tient sur le siège conducteur ne m'est pas inconnue. Allison Mc Allistair semble, elle aussi, surveiller les fédéraux.

Si Isaac pense qu'il vaut mieux rester le plus éloigné d'elle, je crois au contraire, qu'il faut qu'on s'en serve. Elle seule peut nous aider à lever le voile sur la vérité. Bien sûr, pour le moment, il est hors de question de dévoiler notre identité mais si je la joue finement, je pense que je pourrais l'orienter tout doucement sur notre piste. Peut-être que si Isaac se sentait pris au piège, il quitterait son Agent Spécial et nous changerions de destination. Ainsi, notre routine habituelle reprendrait ses droits et il arrêterait de se fourvoyer !

ASSASSIN

Soudain, j'aperçois Aymie à l'entrée du bâtiment, en pleine discussion avec un de ses collègues.

C'est le moment d'agir.

Je sors de mon véhicule et marche d'un pas nonchalant en direction de la journaliste. Lorsque j'arrive à hauteur de sa voiture, je frappe à la fenêtre. Elle sursaute et quand elle me voit, immédiatement, son sourire refait surface. Elle ouvre la portière de son véhicule et sort.

— Dr Wolfe ! s'exclame-t-elle. Quel plaisir de vous voir !

— Je faisais un petit tour dans le coin et je vous ai vue… Je me suis dit qu'il fallait que je m'excuse pour mon comportement de la dernière fois.

— Oh, ce n'est rien ! Vous savez, j'ai l'habitude.

— Pourtant, une aussi jolie femme que vous ne devrait jamais être traitée de la sorte.

Le rouge lui monte aux joues, son sourire s'élargit et je vois une étincelle de désir briller dans ses yeux.

— Je ne vous imaginais pas en beau parleur, Dr Wolfe.

— Appelez-moi, A… Isaac.

Bon sang ! Donner le nom de cet abruti m'écorche la bouche !

— Eh bien, Isaac, que diriez-vous d'aller prendre un verre ?

— J'en dis que c'est un bon début de programme, réponds-je de ma voix la plus suave.

— Ah oui ? Et que prévoyez-vous pour la suite ?

— La même chose que vous, Allison…

Surprise, elle cligne des yeux et se reprend dans la seconde. Elle m'offre un sourire aguicheur puis sans jamais me lâcher du regard, elle se lèche la lèvre inférieure.

— Qu'attendons-nous, alors ?

— Vous avez raison, allons-y !

Elle ne se le fait pas dire deux fois et me suit jusqu'à mon SUV. Tel un gentleman, je lui ouvre la portière et lorsque je la referme, je sens un regard posé sur moi et me retourne. Aymie m'observe, bras croisés. Fier de voir qu'elle n'a rien loupé de mon petit manège avec la journaliste, je lui fais un petit geste de la main et monte à mon tour dans le véhicule.

J'agis comme un connard mais après tout ? J'en suis un et je m'en fous royalement. Isaac se démerdera demain lorsqu'il aura repris le contrôle de la situation mais pour l'instant… à mon tour de m'amuser un peu !

ASSASSIN

Il nous faut seulement cinq minutes pour arriver au Joe's Café, un petit restaurant – bar sympa, situé dans le quartier de Goleta. Ce n'est pas par hasard si j'ai choisi cette destination puisque c'est ici que j'ai tué pour la dernière fois.

— Je pensais que vous m'emmèneriez chez vous, dit la journaliste, d'une voix pleine de regrets lorsque je coupe le contact du véhicule.

— Je vous ai promis un verre. Quel gentleman digne de ce nom conduirait directement une femme dans son lit ?

— Un coureur de jupons !

— Je n'en suis pas un.

— J'avais cru le comprendre…

— Ah oui ?

— J'avoue que je suis surprise que vous m'ayez invitée à sortir… Je croyais même que vous aviez une liaison avec l'Agent Spécial Dixon.

À l'évocation du nom de la petite amie d'Isaac, je me crispe imperceptiblement et essaie de garder mon calme. Je ne dois pas montrer à quel point Aymie m'horripile.

Au lieu de lui répondre, je sors de la voiture et elle m'imite. Nous entrons dans le bar et nous installons à une table isolée de la pièce. Au bout de quelques minutes, une serveuse vient prendre notre commande et une fois qu'elle nous la rapportée,

Mc Allistair me regarde avec insistance.

— Donc… entre vous et l'agent du FBI… ?

— Il n'y a rien à dire.

— Vous insinuez que je me suis trompée ?

— Je pense que votre métier vous pousse à vous poser une multitude de questions qui ne sont pas toujours pertinentes.

Elle m'offre une moue boudeuse tout en s'amusant à faire glisser son doigt sur le rebord de son verre.

— Cette remarque n'est pas très gentille, minaude-t-elle, vexée.

Je lui offre un sourire contrit et bois une gorgée de mon whisky.

— La gentillesse n'est pas vraiment mon fort.

— Pourtant, vous avez choisi un métier altruiste. Vous êtes un véritable paradoxe ambulant, Isaac.

— Il paraît… Assez parlé de moi. Racontez-m'en un peu plus sur vous, Allison. Pourquoi êtes-vous devenue journaliste ? Et pourquoi vous intéressez-vous autant à ce tueur en série ? Ça ne vous semble pas un peu… comment dirais-je… tordu, cette attirance pour un psychopathe ?

— Je ne suis pas attirée par lui, répond-elle en ancrant son regard au mien.

— Alors, pourquoi traverser le pays à chaque nouveau meurtre ?

— Les Américains ont le droit de savoir qu'un homme comme L'Ange de la mort rôde dans leur quartier. Je ne fais que mon métier en les en informant.

— Certes mais…

— Mais ?

— Vous me semblez investie d'une mission… Parfois, je me demande si ce n'est pas vous, le tueur recherché.

Stupéfaite, sa mâchoire semble se décrocher et ses yeux s'agrandissent d'indignation.

— Je pourrais en dire autant de vous, Isaac. Vous me semblez très au courant de cette affaire.

— Je vous rappelle que certains de mes patients étaient liés aux victimes de ce psychopathe. Il est donc normal que je m'y intéresse.

— Je comprends. Et si je peux me permettre… selon vous, pourquoi cet homme ne tue que des coupables ?

— Ça, ce n'est pas mon domaine d'expertise.

— Certes, mais vous avez bien une petite idée, vous aussi,

non ? Pour ma part, je pense qu'il a dû subir des choses affreuses dans sa jeunesse et que personne ne l'a secouru. Maintenant qu'il est adulte, il se venge sur des personnes qui, pour lui, s'en tirent à bon compte.

Plutôt perspicace, la petite journaliste. Elle est plus intelligente que Dixon et son équipe !

—Je pense que vous avez certainement raison mais… Vous avez vu la violence dont il fait preuve ? Je crois que ce type est fou.

— Permettez-moi de vous contredire. S'il l'était, il se serait déjà fait attraper. On ne devient pas l'ennemi public numéro un, incapable de se faire arrêter, sans être un tant soit peu intelligent. Si vous voulez mon avis, ce type est extrêmement brillant et c'est ce qui lui permet de passer à travers les mailles du filet.

Décidément, elle me plaît de plus en plus, cette bonne femme.

J'aime le fait qu'elle ait compris que mon intelligence est au-dessus de la moyenne, qu'elle parle de moi avec autant de peur et de fascination dans son regard.

Nous terminons nos boissons et Allison n'arrête pas de me lancer des œillades tout en jouant, l'air de rien, avec son verre vide, attendant que je me décide à passer à l'étape suivante.

Je prends mon portefeuille de la poche de mon jean, en sors quelques billets que je dépose nonchalamment sur la table et sans un mot, je me lève et tends une main à la journaliste. Sans réfléchir, elle l'attrape et nous sortons du Joe's Café.

Lorsque nous arrivons devant mon SUV, elle relâche ma main et sans que je ne m'y attende, elle se met sur la pointe des pieds et pose ses lèvres sur les miennes. Le désir irradie mes veines et je grogne en affermissant notre étreinte, mon érection pressée contre sa hanche. Allison gémit et alors qu'elle se frotte contre mon sexe afin de m'exciter davantage, je sens une décharge électrique me transpercer le corps.

Je ne me sens pas bien…

Chapitre 23

Isaac

Putain de bordel de merde !

Je reprends mes esprits et plus particulièrement possession de mon corps et m'écarte vivement d'Allison Mc Allistair – qui me regarde avec des yeux voilés de désir et la respiration haletante.

Qu'est-ce que j'ai fait ?

Visiblement surprise, son regard sonde le mien à la recherche d'une explication concernant mon changement d'humeur et je passe une main nerveuse sur mon visage.

Putain d'Azraël !

—Je suis désolé, Allison…, dis-je en me pinçant l'arête du nez.

— Ça ne va pas ? demande-t-elle en posant une main sur mon avant-bras.

Ce simple contact m'horripile et je recule brutalement d'un pas.

—Je… ne comprends pas… Tu sembles différent. J'ai fait quelque chose de mal ?

Sa voix n'est plus qu'un murmure lorsqu'elle termine sa question et je vois que je l'ai blessée. Si d'ordinaire cette femme m'énerve pour son manque de discernement et ses reportages débiles, je dois avouer que lire le trouble dans ses yeux accentue mon mal de crâne. Je déteste être à l'origine de son malaise. Je déteste la vulnérabilité des femmes… et la mienne par la même occasion car à chaque fois, je suis perturbé par leur peine.

— Non, Allison, tu n'as rien fait de mal. J'ai juste une violente migraine. Je crois que j'ai un peu trop tiré sur la corde ces derniers temps et mon corps n'a trouvé que ce moyen pour me faire prendre conscience que je devais me reposer. Je suis désolé mais je vais devoir te ramener à ta voiture et je vais rentrer.

— Tu es sûr que tu ne veux pas que je vienne avec toi ? demande-t-elle d'une voix qui se voudrait pleine de séduction.

—Je ne serai pas de bonne compagnie. Je vais prendre un cachet et tomber comme une masse.

Sans attendre ses protestations, je déverrouille la portière de mon véhicule et lui ouvre. Puis, je fais le tour du SUV et prends place derrière le volant. Il faut plusieurs secondes avant qu'Allison se mette en mouvement et vienne s'installer sur le siège passager.

À peine elle referme la porte derrière elle que je démarre le moteur et m'insère dans la circulation.

Le trajet a beau être rapide et s'effectuer sans encombre, le silence dans l'habitacle est étouffant. La journaliste n'arrête pas de me jeter des coups d'œil que je m'efforce d'ignorer tandis que je suis une bombe à retardement. Je n'arrive pas à croire qu'Azraël a tenté de me faire tromper Aymie avec cette femme ! Qu'est-ce qui lui est passé par la tête ? Comment a-t-il fait pour prendre le contrôle de la situation de cette manière ? D'habitude, il ne prend le relais uniquement pour commettre nos crimes mais là, cela fait déjà deux fois qu'il n'en a fait qu'à sa tête et s'il continue ainsi… *Qui me dit qu'il ne s'en prendrait pas à Aymie ?*

À cette pensée, mon sang se glace et mes doigts se resserrent tellement violemment autour du volant, qu'ils en blanchissent. Si jamais il touchait ne serait-ce qu'à un seul de ses cheveux, je ne sais pas ce dont je serai capable pour lui faire payer.

À vrai dire, cela peut paraître ridicule puisque Azraël et moi sommes la même personne mais s'il faisait du mal à la femme dont je suis amoureux, je ferai tout ce qui est en mon pouvoir pour la sauver…

ASSASSIN

Au péril de ma vie, s'il le faut.

Je me gare derrière la berline d'Allison, devant le poste de police et laisse le moteur en marche. En regardant le commissariat, un flash s'insinue dans mon esprit et je revois Aymie en train de nous observer la journaliste et moi pendant que nous montions à bord de ma voiture.

Et merde ! Comment je vais lui expliquer la situation ?

Allison tente de s'avancer entre nos deux sièges mais lorsque nos regards se croisent, elle comprend aussitôt que le moment que nous avons échangé n'est plus. J'ai revêtu mon masque impassible, froid, dur… celui qu'elle a toujours eu l'habitude de voir avant qu'Azraël n'en décide autrement.

—Je vois… lâche-t-elle, dépitée. Donc… ce qui s'est passé tout à l'heure…

— Était une erreur et n'arrivera plus. Je suis désolé, Allison, je ne sais pas ce qui m'a pris, ce soir.

— Pas la peine de t'excuser, Isaac. Je crois que finalement, je ne m'étais pas trompée concernant ta liaison avec l'Agent Dixon et que tu avais besoin d'un électrochoc pour comprendre que tu la désirais, elle… et pas moi. Dommage…

Elle m'offre un sourire qui se veut franc mais j'ai l'impression de voir une grimace. Puis elle sort du véhicule et le contourne pour venir se poster près de ma fenêtre.

— Si un jour tu changes d'avis, n'hésite pas à utiliser la carte que je t'ai laissée.

Et sans attendre de réponse de ma part, elle tourne les talons et monte rapidement dans sa voiture. Je la regarde s'éloigner et lorsque sa berline n'est plus dans mon champ de vision, je pousse un long soupir de frustration et frappe à plusieurs reprises ma tête sur le volant.

Ce soir, Azraël a joué avec le feu… Ce soir, j'ai certainement perdu Aymie… Ce soir, tout a dérapé et la seule issue que je voie pour m'en sortir, ne me plaît guère… Au contraire…

Mais ai-je vraiment le choix ?

Le lendemain, après une nuit à chercher désespérément le sommeil et des solutions à mes problèmes, je suis complètement lessivé en prenant ma garde au Cottage Hospital. J'ai l'impression d'être dans un épais brouillard et je ne vois pas comment me sortir de ce guêpier ! J'ai beau tourner et retourner le problème dans tous les sens, je ne sais pas ce que je peux faire pour empêcher Azraël de reprendre possession de mon corps et faire n'importe quoi.

Bien sûr, je pourrais éventuellement aller trouver un confrère et lui demander de me prescrire un nouveau traitement mais cela ne serait pas bon, ni pour ma carrière ni pour ma santé. Je sais pertinemment que les effets secondaires liés aux médicaments sont nombreux et je n'ai pas envie de perdre davantage le contrôle de la situation que je ne l'ai déjà perdu.

Et puis, il y a aussi Aymie. Je lui ai envoyé un message ce matin et il est déjà quatorze heures et je suis toujours sans réponse. Je… non, *Azraël* l'a certainement blessée et je ne sais pas comment je vais faire pour me faire pardonner son attitude lorsqu'il est parti avec Allison.

En gros, j'ai l'impression d'être fait comme un rat et je déteste me sentir aussi impuissant.

La dernière fois où j'ai ressenti cette sensation, je n'étais encore qu'un jeune garçon et je m'étais promis que ça n'arriverait plus. Jamais. C'est pour ces raisons que je me suis créé un alter ego.

Par contre, je ne pensais pas qu'un jour, il se retournerait contre moi.

Aujourd'hui, il est seulement dix heures du matin et déjà papa est ivre mort. Maman est en train de repasser le linge dans le salon et il n'arrête pas de râler que le bruit de la vapeur s'émanant de son fer l'empêche de se concentrer sur la télévision. C'est vrai qu'il est primordial d'entendre les mérites d'un robot cuiseur — dont il ne se servira jamais ! Maman essaie de ne pas se laisser atteindre par ses remarques désobligeantes mais le soubresaut que je perçois de temps à autre sur ses épaules, m'indique qu'elle pleure en silence.

Clémence Lucas

Je déteste quand ma maman pleure.

Alors, je fais ce que tout bon fils ferait dans cette situation et je vole à son secours.

Je regarde le livre – Harry Potter et la chambre des sorciers – que je tiens dans mes mains et le jette de toutes mes forces sur le sol. Mon père fait un bond sur son fauteuil et me lance un regard noir.

— Tu peux pas faire attention, gamin ? T'as des pieds à la place des mains ou quoi ?

— Pardon, papa, réponds-je en ramassant mon ouvrage.

Maman tourne la tête dans ma direction et croise mon regard. Instantanément, elle comprend mon petit manège et me fait signe d'arrêter avec sa tête mais c'est trop tard, mon père s'est levé et avance vers moi d'un pas déterminé. Avant même que j'aie eu le temps de dire ouf, il m'envoie un coup de poing en pleine figure qui me projette au sol, suivi rapidement par un coup de pied qui atterrit en plein dans mon ventre.

Ma mère hurle d'indignation et essaie d'empêcher mon père de me cogner mais il ne la laisse pas faire et la repousse violemment. Si fort, qu'elle tombe sur ses fesses en plein milieu de la pièce, des larmes maculant son si beau visage.

Si d'habitude, j'attends que la tempête passe cette fois, c'en est trop.

Je sens mon ami, Azraël, le super-héros bouillonner dans mon esprit et sans m'en apercevoir, je le laisse prendre le contrôle de la situation. J'ai beau avoir quinze ans aujourd'hui, c'est la première fois depuis toutes ces années où je lui laisse carte blanche.

Sans attendre que je change d'avis, Azraël m'ordonne de ne pas m'en mêler et je lui obéis. Je regarde la scène se dérouler sous mes yeux, comme un simple spectateur assis sur son canapé devant la télé. Azraël fait face à mon père et lui assène un coup de poing en pleine mâchoire. Le vieux vacille légèrement et fronce les sourcils en se grattant le visage.

— Tu veux jouer les hommes ? hurle-t-il. Tu vas voir ce que c'est de se battre comme tel !

Évidemment, même s'il s'agissait d'Azraël et non de moi, mon père a remporté la bataille mais pour la première fois de mon existence, j'ai entraperçu de la fierté dans son regard. Je ne sais pas si maintenant qu'il a compris que j'étais en âge de me défendre, il me laissera tranquille ou si au contraire, ma petite rébellion ne l'a pas encore plus énervé. J'ose espérer qu'Azraël a su me sauver… comme à chaque fois que j'ai eu besoin de lui…

— Dr Wolfe ? Docteur ? Vous vous sentez bien ?

Maggie me sort de mes pensées et il me faut quelques secondes pour chasser le trouble qui m'habite depuis que ce souvenir est venu s'infiltrer dans mon esprit.

— Pas vraiment, réponds-je. J'ai une migraine depuis hier

soir qui ne veut pas me quitter.

— Avez-vous pris des cachets ?

— Oui mais ils ne font aucun effet.

— Vous devriez rentrer, Dr Wolfe. Je peux demander au Dr Roberts de prendre votre garde et vous reviendrez demain, en meilleure forme.

— Vous êtes un ange tombé du ciel, Maggie. Vous le savez, n'est-ce pas ?

L'infirmière en chef me sourit et ses joues se mettent à rougir.

— Et vous, un beau parleur ! Allez, assez traîné ! Filez, Isaac, je vous assure que le bateau ne coulera pas en votre absence.

Même si je ne supporte pas l'idée de quitter mon service avant l'heure, je m'étonne moi-même en acceptant sur-le-champ la proposition de Maggie et récupère mes affaires dans mon casier. Je la remercie une dernière fois avant de quitter la pièce puis lorsque je sors de l'hôpital, je prends une profonde inspiration et me décide d'aller retrouver Aymie pour éclaircir la situation.

J'ai beau être complètement déboussolé, je sais qu'il faut que je crève l'abcès avant de la perdre définitivement.

Et pour le moment, ça, il n'en est pas encore question !

ASSASSIN

Chapitre 24

Aymie

Mais à quoi joue-t-il ?

Depuis que j'ai vu Isaac partir avec cette satanée journaliste, cette question n'arrête pas de tourner en boucle dans ma tête.

Je n'arrive pas à croire qu'il ait pu me faire ça !

Bon, OK, je ne sais pas exactement ce qu'il faisait avec Mc Allistair mais lorsque je l'ai aperçu, il avait quelque chose de différent. Même si j'étais assez loin de lui, tout dans son attitude, sa posture, son regard, ne lui ressemblait pas. Il avait une sorte d'aura sombre qui planait autour de lui et même si ça peut paraître fou ou exagéré, je vous assure que j'ai vraiment cru la distinguer.

ASSASSIN

C'est n'importe quoi !

Cela fait maintenant trois heures que j'essaie de me concentrer sur mon affaire mais il m'est impossible de ne pas repenser à Isaac et Allison Mc Allistair. À chaque fois que je regarde une photo ou tente de lire un compte-rendu, mes pensées dérivent systématiquement vers eux. Je revois sans cesse le moment où ils sont allés jusqu'au SUV d'Isaac puis le regard qu'il m'a lancé quand il m'a vue les observer. Il était tellement arrogant et ne ressemblait tellement pas à l'homme que je connais que je ne sais plus sur quel pied danser.

Ce matin, il m'a envoyé un message où il me demandait de le retrouver afin qu'il m'explique ce que je pense avoir vu. Autant dire que ce texto ne m'a pas du tout rassurée, bien au contraire. Généralement, quand un homme commence une explication par le célèbre *ce n'est pas ce que tu crois*, c'est que c'est *exactement* ce à quoi nous pensons. Autant qu'ils prennent un marqueur indélébile et s'écrivent sur le front : *Si, si, c'est bien ça.* Ça irait plus vite.

Donc, le fait que mon enquête reste toujours au point mort et qu'Isaac me fasse perdre la tête ne m'aide en rien à me changer les idées.

J'ai l'impression d'être un vieux tourne-disque rayé.

Fatiguée par mon comportement de midinette au cœur brisé, je décide d'aller prendre un café et de me vider la tête quelques minutes. Peut-être qu'après une petite pause, j'arriverais à faire enfin quelque chose de productif.

Clémence Lucas

On peut toujours rêver, non ?

Après avoir récupéré un cappuccino à la machine à café, je me dirige vers le toit du bâtiment afin de respirer de l'air frais – enfin, plutôt chaud étant donné la saison et la chaleur étouffante à l'extérieur. Lorsque je pousse la porte, j'entends des éclats de voix et reconnais immédiatement celle de mon partenaire avant de me focaliser sur la femme qui lui répond.

— Je crois que tu as raison, James.

Mc Allistair… Encore, elle ! Mais qu'est-ce qu'elle fiche, ici ? Et pourquoi appelle-t-elle Hawkins par son prénom ?

Je m'approche le plus discrètement possible du bord du toit et aperçois mon équipier et la journaliste penchés au-dessus de la balustrade de la sortie de secours. De là où je me trouve, ils ne peuvent me voir.

Je tends l'oreille et essaie d'écouter leur discussion.

— Ce type n'est pas net. Un moment, il se comporte comme s'il avait envie de me sauter et en un claquement de doigts, il redevient aussi froid que de la glace. Crois-moi, j'en ai vu des hommes dans ma vie souffler le chaud et le froid et lui, excelle dans le domaine. C'est comme si…

ASSASSIN

Elle s'arrête brusquement et jette un regard autour d'elle. Je retiens ma respiration – comme si ça allait changer quelque chose, si jamais elle me voyait – et attends qu'elle reprenne.

— Je ne sais pas, tu ne vas peut-être pas me croire.

— Ai-je déjà douté de toi, chérie ?

Chérie ? Hawkins et Mc Allistair couchent ensemble ?!

— Non, jamais…

— Donc…

Au ton mielleux qu'emploie mon coéquipier, je sais pertinemment qu'il se joue d'elle. Pour l'avoir vu faire des dizaines de fois, je connais son petit numéro de charme. Il l'utilise uniquement pour avoir des informations et manifestement, la journaliste n'y voit que du feu.

— J'ai l'impression que le Dr Wolfe est possédé…

— Possédé, n'importe quoi ! En revanche, vu les symptômes que tu décris, je pense que nous avons affaire à un dédoublement de la personnalité.

Isaac ? Une double personnalité ? N'importe quoi !

Je ne prête pas attention à la réponse de Mc Allistair, trop perturbée par les mots prononcés par Hawkins. Se pourrait-il qu'Isaac ait réellement un dédoublement de la personnalité ? Pourrait-il être L'Ange… Non ! C'est parfaitement ridicule.

Clémence Lucas

Isaac passe sa vie à sauver celles des autres. C'est un chirurgien reconnu. Il ne peut pas commettre ce genre d'atrocités. C'est impossible.

Alors comment expliques-tu son comportement de la veille ? Celui-là même qui te hante et t'empêche de te concentrer…

J'entends vaguement mon partenaire et la journaliste parler au loin, le cliquetis de leurs pas et la porte qui se referme derrière eux.

Seule et complètement chamboulée par les derniers événements, je me laisse glisser au le sol, la tête posée contre mes genoux. Sans m'en rendre compte, en quelques secondes, mes joues sont couvertes de larmes et je craque alors que le ciel se charge et qu'un tonnerre gronde.

Soudain, une pluie diluvienne s'abat sur moi et pourtant, je ne bouge pas. Le temps est aussi maussade que je le suis et mon corps est parcouru de longs sanglots couverts par le fracas de l'orage.

Une heure plus tard, après avoir soigneusement évité les regards insistants de mes collègues puisque j'ai dû traverser le commissariat, trempée jusqu'aux os – j'ai eu l'impression d'avoir dix-huit ans et de faire le fameux *walk of shame* du matin – je retourne à mon hôtel afin de changer de vêtements.

ASSASSIN

Lorsque j'arrive devant la porte de ma chambre, je reste un instant, interdite, complètement immobile. Isaac est assis sur le sol, la tête posée contre ses genoux – la même position dans laquelle j'étais tout à l'heure – et mon cœur se serre en le découvrant ainsi.

Il a l'air si jeune, si fatigué.

J'avance à pas de loups et lorsqu'il m'entend, relève la tête. Je m'arrête brusquement à seulement un mètre de lui, nos regards se croisent et ma respiration se bloque dans ma poitrine.

Dans ses prunelles, je peux lire toute la tendresse que je voyais dernièrement et sans m'en apercevoir, je me remets à respirer normalement.

C'est bien mon *Isaac.*

— Salut, dit-il d'une voix rauque en se redressant.

— Salut.

La carte magnétique tenue fermement dans ma main s'imprime sur ma peau mais je n'ose bouger et fuis son regard perçant.

Il me déstabilise.

À chaque fois que je le vois, je me surprends à tomber amoureuse de lui encore un peu plus et mes sentiments obscurcissent tout jugement. Je me dois de rester calme, de ne pas laisser mes émotions prendre le dessus et ne pas l'assaillir d'accusations infondées. Vous imaginez le coup de massue, si je lui disais que tout à coup – à cause d'une vipère de journaliste – je le soupçonnais d'être un dangereux tueur en série ?

Bonjour la palme de la pire petite amie du monde ! Que dis-je ! De tout l'univers, oui !

— Écoute, Aymie… Il faut qu'on parle… Je peux entrer ?

Comme si mon corps était le seul à décider, je me remets en mouvement. Je passe devant lui, résistant obstinément à croiser son regard et ouvre la porte. Sans réellement l'inviter à entrer, je laisse ouvert derrière moi tandis que je pénètre dans la chambre.

Je l'entends m'imiter puis refermer derrière lui mais il reste dans l'entrée. Même si je ne le vois pas, puisque je lui tourne le dos, je ne peux que ressentir le poids de son regard sur moi.

— Aymie… Regarde-moi, m'implore-t-il d'une voix douce.

À ces mots, la tristesse que je ressentais plus tôt s'abat une nouvelle fois sur mes épaules et je dois user de toutes mes forces pour ne pas encore pleurer. Alors que je ne m'y attends pas, je sens ses bras enserrer ma taille et me plaquer contre son torse.

Aussitôt, je respire son odeur et mon cœur – saleté de traître – se met à battre la chamade.

— Je sais que toutes les preuves sont contre moi mais je t'assure que ce n'est pas ce que tu crois, Aymie.

ASSASSIN

Sa voix murmure à mon oreille et sentir sa chaleur irradier contre mon corps me calme et me donne la force de lui répondre.

— Si ce n'est pas ce que je pense… Qu'est-ce que c'est, alors ?

Il pose son menton sur ma tête et ses bras resserrent leur étreinte, comme s'il avait peur que je m'enfuie.

— Allison Mc Allistair est une véritable fouine. Il y a quelques jours, elle est venue me trouver sur le parking du Cottage Hospital.

— Qu'est-ce qu'elle voulait ?

— Un scoop morbide. Étant donné que je me suis occupé de certaines victimes liées à celles de L'Ange de la mort, elle essayait de dénicher un os à ronger !

— OK, mais dans ce cas, pourquoi être parti avec elle, hier soir ? Ne me dis pas que tu lui as balancé des infos contre de l'argent ?

Je me retourne vivement et la lueur amusée que je perçois dans son regard, fait monter d'un cran supplémentaire ma colère.

— Je ne vois pas ce qu'il y a de drôle ! m'emporté-je tandis qu'il me sourit.

— Tu as raison, excuse-moi. C'est que…

Cette fois, il éclate de rire alors que je suis complètement perdue.

C'est peut-être ça, la manifestation de son dédoublement de la personnalité ?

— Désolé, dit-il après quelques secondes. J'ai eu peur que tu croies que j'ai une aventure avec cette femme alors que toi et moi sommes en couple… Et *toi*, tout ce qui t'est venu à l'esprit est que je puisse divulguer des éléments d'un dossier uniquement pour de l'argent ! Franchement, Aymie, dans les deux cas, je ne suis pas un homme comme ça.

À vrai dire, j'ai pensé que tu me trompais tout au long de la journée. Mais ça, je me garderai bien de te l'avouer !

— Je suis désolée, m'excusé-je à mon tour. Avec mon métier, je ne peux m'empêcher de voir le mal partout.

Il avance d'un pas et du bout des doigts, attrape mon menton. Avant que je ne puisse encore une fois me confondre en excuses, ses lèvres se posent sur les miennes. Pressantes. Exigeantes. Passionnées. Envoûtantes. Je me laisse porter par les sensations qu'il me procure et sans même m'en apercevoir, je laisse mon cerveau se déconnecter, à mesure qu'Isaac m'emmène vers le lit.

Je ne sais pas à quel moment nos vêtements ont volé à travers la pièce, ni à quel moment notre étreinte endiablée s'est transformée en un moment si intime, si doux mais lorsque mes jambes se mettent à trembler violemment alors que l'orgasme me consume, je sais que je suis définitivement dans le pétrin car je suis bel et bien follement amoureuse d'Isaac Wolfe et une partie de mon être redoute que ce soit une bonne idée.

Si seulement mon cœur pouvait écouter ma tête mais à ce qu'il paraît : le cœur a ses raisons…

Chapitre 25

Isaac

Nous avons passé la journée à faire l'amour, apprivoisant nos corps et âmes, essayant de chasser le trouble qui s'est insinué en chacun de nous pour des raisons différentes. Même si pendant tout l'après-midi nous avons été en parfaite harmonie, je sens que l'étau autour de moi se resserre et je ne me sens pas bien. La migraine qui m'a empêché de travailler aujourd'hui, revient de plus belle et j'ai l'impression que ma tête va imploser. Depuis mon adolescence, je suis assujetti à ce genre de mal de crâne mais jamais, jusqu'à ces derniers temps, il n'avait été aussi violent.

Je regarde Aymie, profondément endormie contre moi — malgré le fait que la nuit commence tout juste à tomber — et mon cœur se met à battre follement dans ma cage thoracique.

ASSASSIN

Mon regard balaie son corps si parfait, ses jambes emmêlées aux miennes, son ventre *encore* plat, ses seins ronds et fermes *si sensibles*. Sa main est posée sur mon torse de même que sa tête. Ses joues sont encore rougies de nos ébats, ses lèvres forment une jolie moue boudeuse et même si je meurs de chaud, je n'ai aucune envie de bouger.

Malheureusement, une douleur encore plus virulente que les autres me comprime la tête et je lâche un grognement entre mes dents serrées.

À contrecœur, je me détache d'Aymie le plus doucement possible afin de ne pas la réveiller et me lève du lit. Je vais jusqu'à sa salle de bains et lorsque je vois mon reflet dans le miroir, je suis surpris par mes traits tirés et mon teint gris.

À grande eau, je m'asperge le visage et lorsque j'éteins le robinet, je suis pris de vertiges. Je me rattrape *in extremis* au bord du lavabo et resserre mes doigts sur le marbre poli afin de m'empêcher de flancher une nouvelle fois. Il me faut quelques minutes pour retrouver un parfait équilibre et sortir de la pièce.

De retour dans la chambre, j'attrape sans faire de bruit mes vêtements et me rhabille en faisant attention à ne pas m'écraser au sol à chaque fois que je fais un mouvement brusque. Mon mal de crâne devient insupportable et je peste silencieusement de ne pas avoir pensé à prendre de la codéine sur moi. Si seulement j'en avais, cette satanée migraine pourrait au moins me laisser tranquille, le temps que je rentre à la maison.

Je jette un dernier regard à Aymie – qui n'a pas bougé d'un

pouce – et quitte sa chambre d'hôtel en m'assurant de ne pas faire grincer la porte en refermant derrière moi. Dans le couloir, j'appuie sur le bouton d'appel de l'ascenseur et lorsque celui-ci s'arrête à mon étage, je suis surpris de découvrir l'Agent Hawkins en sortir.

— Tiens, donc, Dr Wolfe ! Vous, ici ! s'exclame-t-il d'une voix sombre.

— Agent Hawkins, réponds-je simplement en tentant de pénétrer dans l'appareil mais celui-ci me barre le passage.

— Puisque vous êtes là, vous auriez bien deux minutes à m'accorder, Docteur ?

Une nouvelle douleur s'abat sur moi et je chancelle.

— Vous vous sentez bien ?

— Pas vraiment, réussis-je difficilement à répondre.

Le partenaire d'Aymie me regarde attentivement et je suis certain que cet abruti doit penser que je fais semblant pour me débarrasser de lui. Bien que je n'aie absolument pas envie de subir un de ses interrogatoires, je préférerais encore me le coltiner pendant des heures plutôt que de ressentir cette douleur lancinante qui commence sérieusement à me taper sur les nerfs.

— Vous ne serez pas en train d'essayer de m'échapper ?

Qu'est-ce que je disais !

— Voyons, Agent Hawkins, pourquoi voudrais-je faire une chose pareille ? Je n'ai rien à cacher.

— Vous en êtes sûr ? demande-t-il en avançant vers moi, dans une tentative d'intimidation.

— Parfaitement.

— Et moi, je suis persuadé du contraire. Ce n'est pas parce que vous avez réussi à embobiner Dixon que vous y arriverez avec moi. Vous ne pouvez pas me mettre dans votre lit pour me mettre dans votre poche ! Je vois clair dans votre jeu, Wolfe.

Ça, ça m'étonnerait *! Quoi que… puis-je en être certain ? Azraël aurait-il commis une erreur ?*

J'ancre mon regard dans celui de l'Agent Spécial et essaie d'y lire les réponses à mes interrogations mais malheureusement, celui-ci reste impénétrable et ma migraine m'empêche de me concentrer trop longtemps.

— Ça sera tout ?

— Quoi, ça sera tout ? Vous n'essayez pas de vous défendre ou de crier au scandale ? Ou encore mieux, pourquoi n'allons-nous pas trouver l'Agent Dixon pour lui soumettre mes idées et voir ce qu'elle en pensera, qu'en dîtes-vous ?

— Aymie dort. Je ne crois pas que la réveiller pour lui raconter des conneries soit une brillante idée. Elle est fatiguée et a besoin de repos…

— Elle a surtout besoin de connaître la vérité sur vous !

— Elle sait tout ce qu'elle a besoin de savoir et si jamais, elle veut d'autres renseignements, je me ferai un plaisir de les lui donner.

— Ah oui ? Même en ce qui concerne la mort de votre père ?

Quoi ? Comment est-il au courant ?

— Mon père est décédé d'un cancer, Agent Hawkins, je ne vois pas ce que vous insinuez.

— Voyons, voyons, Dr Wolfe, ne jouez pas à ce petit jeu avec moi, c'est ridicule. Les médecins lui donnaient un an à vivre et il est décédé seulement un mois après son diagnostic.

— La médecine n'est pas toujours une science exacte.

— Je le sais bien mais… ce qui me chagrine dans cette affaire, c'est que vous étiez le seul présent dans sa chambre quand il s'est éteint.

— Parce que j'étais au chevet de mon père pour le soutenir dans cette bataille perdue d'avance.

Hawkins laisse échapper un rire tonitruant avant de reprendre :

— Vous avez toujours réponse à tout, hein ? Je vois bien ce qui plaît à Aymie chez vous mais on ne me la fait pas !

ASSASSIN

Une autre douleur aiguë s'empare de moi et je me rattrape de justesse à l'épaule de mon ennemi juré.

— La vérité serait-elle trop dure à encaisser, Docteur ?

Cette fois, je ne lui réponds pas et entre dans l'ascenseur sans qu'il ne m'en empêche. Et avant que les portes ne se referment, Hawkins me fixe intensément, une lueur mauvaise au fond de ses prunelles tandis que ma tête va exploser.

Ça sent pas *bon… pas bon du tout…*

AZRAEL

Si cet idiot d'Isaac me laissait prendre le dessus quand je veux intervenir, peut-être qu'il n'aurait pas toutes ces migraines !

Il faut qu'il apprenne à lâcher prise et me laisser prendre les rênes sinon, ces maux de tête ne vont que s'empirer. Intelligent comme il l'est, je m'étonne qu'il n'ait pas encore compris que son mal est lié à mes envies de prendre le contrôle. Plus il essaie de me combattre, plus j'y mets toute ma détermination pour qu'il cède mais cet abruti a vraiment une volonté de fer…

Clémence Lucas

Qu'il essaie de me faire barrage tandis qu'il est avec sa petite amie, passe encore, même si je ne l'aime pas, je peux concevoir qu'il essaie de la défendre et la protéger mais *là* ? Alors qu'il était avec ce fumier d'Hawkins… S'il m'avait laissé faire, je lui aurais réglé son compte une bonne fois pour toutes et il ne serait plus derrière nous.

Il faut que je trouve une solution et le plus tôt sera le mieux…

Il en va de *ma* survie…

ASSASSIN

Chapitre 26

Aymie

Des éclats de voix me sortent de mon sommeil et il me faut quelques secondes pour comprendre qu'ils viennent du couloir. J'ouvre les yeux et constate qu'Isaac n'est plus à mes côtés.

Aussitôt, je me redresse et tends l'oreille afin d'essayer de comprendre des bribes de conversation mais la seule chose que je perçois est qu'il s'agit de deux hommes.

Je sors du lit, récupère ma chemise au sol, la passe rapidement sur mes épaules et telle une enfant en train d'espionner ses parents, je pose une oreille contre la porte.

Soudain, je reconnais la voix d'Hawkins puis celle d'Isaac. Pendant une fraction de seconde, j'hésite à ouvrir et venir à la rescousse de mon petit ami mais je n'en fais rien. Même si nous venons de passer un après-midi des plus fantastiques, je n'ai pas oublié ce que j'ai entendu dans la journée, ni même l'état dans lequel je me trouvais après cela.

Je reste donc là, immobile, suspendue à leurs paroles lorsqu'une remarque de mon partenaire me fait froncer les sourcils :

— Ah oui ? Même en ce qui concerne la mort de votre père ?

La mort de son père ? Qu'est en train d'insinuer Hawkins ? Qu'Isaac l'aurait tué ?

J'écoute la réponse d'Isaac et même si je crois en ce qu'il dit et que je trouve que mon partenaire dépasse les bornes, j'ai l'impression que mon cerveau est en pleine ébullition.

Déstabilisée, je m'écarte vivement de la porte et retourne m'asseoir sur le lit.

Mon esprit tourne à plein régime et tous les éléments de l'enquête de L'Ange de la mort me reviennent en mémoire, tels de violents flashes : les images s'imbriquent les unes avec les autres comme les pièces d'un puzzle et mon sang se glace.

Maintenant que j'ai ouvert les yeux, toutes les réponses à mes questions me sautent à la figure et me font l'effet d'un uppercut en pleine mâchoire, et si…

Ce n'est pas possible…

De violents coups frappés à la porte me sortent de ma torpeur et c'est en tremblant comme une feuille que je me dirige vers elle pour ouvrir. J'ai la nausée et j'essaie de calmer les battements erratiques de mon cœur et de me composer un masque impassible puis après avoir pris une profonde inspiration, je déverrouille et me retrouve nez à nez avec mon partenaire.

— Bien dormi ? demande-t-il en se frayant un chemin à l'intérieur. Moi qui me faisais du souci pour toi, je constate qu'en réalité, tu avais juste envie de prendre du bon temps… Ce n'est pas très sérieux, Aymie…

Aymie… Je déteste lorsqu'il m'appelle par mon prénom.

Encore sonnée par mes découvertes, je ne relève pas la pique qu'il vient de m'envoyer et à la place, je me cale contre la console de l'entrée et croise les bras sur ma poitrine, signifiant clairement à mon équipier que je n'ai pas de temps à lui accorder.

— Qu'est-ce que tu fais là, James ? demandé-je, sèchement.

— Je voulais qu'on parle de ton *cher* Isaac.

— Je t'écoute.

— C'est tout ? Pas de protestation outrée ? Pas de vas te faire voir, Hawkins ? Commencerais-tu à douter de ton Docteur, *Aymie chérie* ?

Connard !

— Je sais pertinemment que protester ne servirait à rien. Je te connais, James, je sais que si tu es venu frapper à ma porte c'est parce que ce que tu as à me dire te brûle les lèvres. Il n'y a rien que je ne pourrais dire qui te fera taire. Alors, épargne-moi ton petit cinéma et finissons-en !

Hawkins prend un air outré avant d'éclater de rire puis, lorsqu'il a recouvré son calme, il prend ses aises en s'installant confortablement et appuie son dos contre la tête de lit.

— Mais je t'en prie, fais comme chez toi ! lancé-je, sarcastique.

— Merci, rétorque-t-il.

Il ferait moins le malin s'il savait ce que j'ai fait avec Isaac entre ces draps – pas plus tard que l'heure précédente.

Un sourire amusé se dessine sur mes lèvres et n'échappe pas à mon collègue. Fronçant les sourcils, il me lance un regard interrogateur.

— On peut savoir ce qu'il y a de drôle ?

— Rien, Hawkins…, réponds-je en reprenant un air grave. Donc… Tu voulais me dire… ?

— J'ai demandé à une amie d'aller séduire Wolfe…

Sans m'en rendre compte, je le fusille du regard et il m'offre un sourire contrit avant de poursuivre :

— Ne me regarde pas avec cet air, Dixie, ça n'a rien de

personnel. Ce type ne me plaît pas depuis le début et…

— C'est bon, j'ai compris, Hawkins. Pas besoin de me faire un dessin ! Donc, tu as choisi Mc Allistair…

— Tu es au courant ? demande-t-il, surpris.

— Bien sûr, je l'ai aperçue en train de monter à bord du SUV d'Isaac, hier soir, et lui-même m'en a parlé en début d'après-midi.

— Et qu'est-ce qu'il t'a dit ?

— Je croyais que c'est toi qui avais des choses à raconter, objecté-je en haussant un sourcil.

Hawkins grogne de frustration et se frotte nerveusement sa barbe de trois jours.

— OK, je continue et après, tu me diras ce que tu sais.

Je n'acquiesce ni ne refuse et attends qu'il poursuive.

— Tu ne vas vraiment pas me faciliter la tâche, n'est-ce pas ?

Ne répondant toujours pas, Hawkins devient rouge de colère mais se reprend très vite.

— OK, donc Allison est allée trouver une première fois ton cher Isaac et il l'a carrément envoyée bouler. Il s'est comporté comme le connard arrogant qu'il est et l'a menacé d'une injonction…

Jusque-là, je comprends très bien l'attitude d'Isaac. Qui n'aurait pas envie d'envoyer Allison Mc Allistair se faire foutre ?

— … Et voilà que quelques jours plus tard, il la croise devant le commissariat et l'invite à prendre un verre. Cette fois, il s'est montré tout à fait adorable, dragueur, et désolé de t'apprendre ça, mais d'après Allison, il souhaitait la mettre dans son lit.

— Mais il ne l'a pas fait.

— Non, apparemment lorsqu'ils se sont embrassés…

Je grimace. Isaac n'a jamais fait mention d'un baiser.

Que m'a-t-il caché d'autre ?

Hawkins prend un air faussement contrit.

— … Désolé, visiblement, tu n'en savais rien. Enfin, bref, lorsqu'ils se sont embrassés, tout à coup, il l'a violemment repoussée et a recouvré son attitude détestable.

— Ton *amie* avait peut-être mal interprété leur discussion et il s'est peut-être simplement repris. Après tout, il faut vraiment n'avoir rien à se mettre sous la dent pour finir avec cette pimbêche !

— Venant de toi… c'est petit, Aymie. Tu me déçois.

Clémence Lucas

Il a raison. Je sais que c'est parfaitement injuste puisqu'Allison Mc Allistair est une jolie jeune femme mais la jalousie est un vilain défaut et parfois, mes paroles dépassent mes pensées.

Hawkins se lève et regarde par la fenêtre. Pendant plusieurs secondes, il ne dit rien et pourtant, j'ai l'impression que la pièce n'est pas silencieuse à cause de cette discussion qui revient en boucle dans mon esprit.

Au bout de ce qui me semble durer une éternité, il se retourne et me fait face.

— Je sais que tu penses que je suis jaloux et n'aime pas ce mec car tu sors avec lui. Et c'est vrai que tu as en partie raison : je déteste savoir qu'il a le droit de poser ses mains sur toi. Mais, depuis que j'ai commencé à enquêter en douce sur lui, les éléments que je découvre me poussent à creuser davantage. Il y a des circonstances vraiment louches autour de ce Docteur, Aymie. Et vu ce qu'a constaté Allison, je mettrais ma main à couper qu'en fait, il a un dédoublement de la personnalité…

— Donc, le coupé-je, si je suis ton raisonnement : Isaac est un médecin respectable le jour et la nuit, son double maléfique prend le relais en devenant un dangereux psychopathe, c'est ça ?

— Exactement…

— Mais enfin, c'est ridicule ! Tu t'entends parler ? Isaac passe le plus clair de son temps à sauver des vies. OK, il se trouvait dans deux des États au moment où L'Ange de la mort est passé à l'action mais cela ne veut pas dire que pour cette raison, c'est un tueur en série !

— Dans quatre États, Dixie. Isaac Wolfe se trouvait dans *quatre* États au moment des meurtres et si tu veux mon avis, quand j'aurai terminé mes recherches, je te prouverai qu'il était en réalité dans *tous* les lieux où L'Ange de la mort a sévi.

— Tu mens !

—Je me doutais que tu répondrais ça.

Il lâche un rire sans joie puis il avance vers moi, recherche quelque chose dans la poche de son pantalon puis me tend une clé USB.

— Tiens, dit-il d'un air grave. Toutes les preuves que j'ai récoltées se trouvent dessus. Tu n'as qu'à le vérifier par toi-même. Je ne sais pas s'il est réellement notre tueur en série mais toujours est-il que d'une manière ou d'une autre, il est lié à cette affaire.

Sans attendre de réponse de ma part, il traverse la pièce et sors de la chambre d'hôtel, me laissant assommée par ses révélations. La nausée me gagne à nouveau et cette fois, je sens que je ne peux pas la contrôler. Je me précipite aux toilettes et vomit douloureusement trippes et boyaux.

Isaac se trouvait dans quatre États.

Isaac souffle le chaud et le froid mieux que personne.

Clémence Lucas

Isaac est arrogant, prétentieux.

Isaac est le meilleur chirurgien traumatologue de sa génération.

Isaac est doux, prévenant, attentionné.

Isaac est…

Assez !

J'ai l'impression que ma tête va exploser…

ASSASSIN

Chapitre 21

AZRAEL

Cela fait plus d'une heure que je guette la sortie de cet abruti d'Agent Spécial Hawkins. Depuis sa petite discussion avec ce bon vieil Isaac, je ne cesse de réfléchir à un plan pour me débarrasser de lui une bonne fois pour toutes. Entendons-nous bien, même si je me suis servi de la journaliste pour éloigner Isaac de Dixon, il n'a jamais été question que nous nous fassions attraper pour terminer dans le couloir de la mort. J'ai encore trop de choses à accomplir et il n'est pas question que je laisse cet idiot se mettre en travers de mon chemin.

Soudain, j'aperçois Hawkins sortir de l'immeuble et entrer dans son énorme 4x4 noir.

Décidément, le FBI a le chic pour choisir un véhicule passe-partout !

ASSASSIN

Quelle bande d'imbéciles !

Lorsqu'il passe devant moi, je démarre mon moteur et laisse passer trois voitures avant de m'insérer dans la circulation. Aujourd'hui, je vais être l'ombre d'Hawkins jusqu'à ce que je trouve le moment adéquat pour entrer en action.

Attention, petit Agent Spécial, ton heure a bientôt sonné.

Suivre ce mec est mortellement ennuyant. Après être parti du The Upham, il se rend directement chez Mc Allistair. Quarante minutes plus tard, il repart de chez elle, les joues rouges et la chemise mal embrayée. Nul doute de ce qu'ils ont dû faire pendant ce laps de temps. Ensuite, Hawkins va au commissariat et y reste deux heures.

J'en profite pour me dégourdir un peu les jambes et m'acheter un sandwich et une boisson puis je reprends place derrière mon volant. À certains moments, je ressens d'extrêmes maux de tête – m'indiquant qu'Isaac était en train d'essayer de reprendre le dessus. Étant préparé à cette éventualité, je cherche une boîte d'anti douleur que j'ai achetée à la pharmacie avant de m'arrêter au snack et j'avale deux comprimés. Alors, j'attends que les médicaments fassent leur effet en écoutant une douce musique de Beethoven – qui a le don de m'apaiser.

Une fois qu'il repart du poste de police, Hawkins va dîner,

seul, dans un petit restaurant de quartier.

Quand je vous disais que ce mec est d'un rasoir !

Il est près de vingt-deux heures lorsqu'il gare enfin sa voiture à quelques mètres de l'entrée de son hôtel.

Retour à la case départ.

Avant qu'il n'ait eu le temps de sortir de son 4x4, j'attrape mon sac à dos posé au pied du siège passager et sors de la voiture. Une fois sur le trottoir, je vérifie qu'il n'y a personne autour de moi et constatant que la voie est libre, je sors de ma poche la seringue remplie de liquide anesthésiant et me dirige jusqu'au véhicule de l'Agent Spécial.

D'un mouvement fluide, j'ouvre la portière et m'assois sur le siège passager. Hawkins se retourne vivement et avant qu'il ne comprenne ce qui se passe, je lui plante l'aiguille dans le cou et il s'endort instantanément.

Le jeu peut enfin commencer.

Après avoir fait passer le corps de l'Agent Spécial sur la banquette arrière et l'avoir ligoté, je roule pendant plus de trois heures en direction de Palm Desert. Isaac n'a toujours pas rendu le bail de l'entrepôt désaffecté qui nous sert de planque et mes outils sont rangés là-bas, attendant sagement que je vienne m'en servir.

Si d'ordinaire, je ne tue que des personnes coupables de manière désintéressée en œuvrant pour le Divin, aujourd'hui, je vais déroger à cette règle pour seulement la deuxième fois de ma vie car Hawkins avait raison sur un point, tout à l'heure : la mort du père d'Isaac n'était nullement due à sa maladie. Ce salopard méritait de crever pour tout le mal qu'il avait fait endurer à mon alter ego. Je n'allais pas lui laisser une chance de se faire plaindre et passer pour un Saint, pas après toutes ces années où il nous a pris pour son punching-ball.

Alors, j'ai prié pour que Dieu me pardonne et ne me foudroie pas sur place et contre toute attente, il ne m'a rien fait. J'ose espérer qu'avec le meurtre d'Hawkins, il se montrera toujours aussi clément. Il ne doit pas perdre de vue que tout ce que je fais, je le fais pour lui, pour qu'il soit fier de moi. Fier que je rende la justice divine.

Moi, le grand et fort Azraël. L'Ange de la mort. Le bras armé du Tout Puissant.

Une fois arrivés à destination, Hawkins est toujours dans les vapes. Je dois le traîner jusqu'à la table d'examen et user de toutes mes forces pour le hisser dessus. Ensuite, je prends les sangles déjà attachées à la table et les passe autour des poignets et des chevilles de mon otage.

Au moment où je termine de les serrer, Hawkins ouvre les yeux et essaie de se débattre.

— Tss, tss, voyons, voyons, Agent Spécial Hawkins, vous me prenez pour un débutant ? Vous ne pensez quand même pas que vous pouvez vous détacher ?

— Relâche-moi, immédiatement si…

Dieu que ce mec m'insupporte !

Je lui assène un coup de poing en pleine figure pour le faire taire mais au lieu de ça, il en remet une couche.

— C'est tout ce que t'as dans le ventre, Wolfe ?

— Pour ta gouverne, *James*, je ne suis pas Isaac.

— Quoi ?! Mais tu es complètement cinglé ! Tu crois que je ne te reconnais pas !

— Enfin, James, qu'est-ce que tu peux être long à la détente !

— Le dédoublement de la personnalité, rétorque-t-il d'une voix blanche.

— C'est exact enfin… pas vraiment. Les médecins appellent ça un trouble dissociatif de la personnalité ou TDP, si tu préfères. Il semblerait que cette maladie se déclare lorsqu'une personne essaie de se protéger de la réalité…

— En l'occurrence de ton père, n'est-ce pas, *Isaac* ?

— Azraël, objecté-je, énervé. Je m'appelle Azraël.

— Pourquoi ce nom me parle ?

— Parce que selon certaines croyances, c'est le nom donné à L'Ange de la mort. Bravo, Agent Spécial Hawkins, ton équipe m'avait attribué ma véritable identité depuis le début, vous aviez tout sous le nez et pourtant, vous n'avez rien trouvé. Vous êtes tellement pathétiques !

Je m'éloigne de la table d'examen et m'approche du plan de travail sur lequel sont déposés mes accessoires. Je les regarde un à un, prenant le temps de bien considérer chacune de leur fonction afin de savoir sur quel objet je vais jeter mon dévolu mais sans grande surprise, j'attrape mon scalpel préféré et reviens me poster devant Hawkins.

Celui-ci blêmit et recommence à gesticuler.

— Écoute, Wo… Azraël, tu ne peux pas faire ça. Si tu t'en prends à un Agent Spécial du FBI, tu ne vas jamais t'en sortir vivant. Mes collègues vont te traquer jusqu'à ce qu'ils arrivent à te mettre la main dessus, je t'en donne ma parole.

Un rire franc s'échappe de ma bouche et les larmes me montent rapidement aux yeux.

— Alors, là, elle est bonne, celle-là ! Tu crois que tes équipiers me font peur ? Ou pire encore, que la traque m'impressionne ? Cela fait huit ans, huuiiit ans, que je passe à travers les mailles du filet. Vous ne savez même pas exactement à combien s'élève le nombre de mes victimes ! Cela fait huit longues années que je m'amuse à vous rendre ridicules ! Tu crois que parce que je vais t'éliminer car oui, James, tu as raison sur ce point, je ne te laisserai pas la vie sauve, tu crois que je vais avoir peur de devenir l'ennemi public numéro 1 ? Réveille-toi, James : Je. Suis. *Déjà*. L'ennemi. Public. Numéro 1.

— Espèce de sale psychopathe ! Tu mérites de crever !

— Ça, je ne peux que te donner raison mais mon heure n'est pas venue, James tandis que la tienne…

— Et, Aymie ? Tu as pensé à Aymie ?

À l'évocation du nom de l'Agent Spécial Dixon, une violente migraine s'abat à nouveau sur moi et je laisse tomber le scalpel. Je chancelle, recule d'un pas et Hawkins en profite pour répéter inlassablement… *Aymie... Aymie… Aymie…*

Je me laisse tomber au sol, à genoux, la tête entre les mains, luttant pour ne pas qu'Isaac reprenne le dessus.

Pas maintenant… Il va tout faire foirer…

ASSASSIN

Chapitre 28

Isaac

— Azraël ?

Azraël ?

Je lève la tête de mes mains et découvre que je suis dans le hangar et qu'Hawkins est attaché sur ma table d'examen.

Putain de bordel de merde !

Je me redresse et regarde la scène qui s'étale devant moi. Azraël est passé à l'action et il est trop tard pour faire machine arrière. J'espère seulement que j'ai réussi à envoyer un signal à Aymie pour qu'elle puisse nous retrouver sinon, je devrais terminer le sale boulot et m'enfuir à l'autre bout du pays.

ASSASSIN

Ça n'a jamais été ça, *le plan.*

— Azraël ?

Entendre la voix d'Hawkins est déjà insupportable mais l'entendre m'appeler par le nom de mon alter ego, celui-là même qui me trahit en me poussant dans mes retranchements me met hors de moi.

— Je. Ne. M. Appelle. Pas. Azraël ! craché-je.

— Dieu soit loué, Isaac, c'est bien vous ? Votre…

— Je ne pense pas que Dieu ait un quelconque rapport avec ça, Agent Spécial Hawkins.

— Mais… Si vous êtes Isaac…

— Je n'en demeure pas moins Azraël pour autant.

— Je ne comprends plus rien. Aymie n'arrête pas de dire que vous êtes un sauveur de vies et pourtant, vous êtes prêt à continuer l'œuvre de ce dangereux psychopathe. Isaac, je vous en prie, détachez-moi.

— Ne mêle pas Aymie à tout ça ! dis-je entre mes dents serrées.

— Parce que tu crois que tu vas t'en sortir ? Et qu'elle ne découvrira jamais la vérité ?

— J'ai dit : Laisse. La. En. Dehors. De. Ça.

Clémence Lucas

Il n'écoute pas ma menace et continue de parler :

— Tu sais que sa carrière ne tient plus qu'à un fil ? Que si nous ne t'attrapons pas, elle va finir destituée de son poste et envoyée dans un trou paumé pour classer des papiers ? Tu n'as pas seulement tué des dizaines de personnes mais tu as foutu en l'air tout ce pour quoi elle se bat !

Ses paroles me font l'effet d'une douche froide. Je sais qu'il a raison et furieux, je lui assène un nouveau coup de poing en pleine figure – bien plus violent que le premier – lui faisant perdre connaissance.

Avec un soupir, je récupère le scalpel au sol et fixe Hawkins.

Je n'ai pas le choix. Je dois faire le sale boulot.

Comme à chaque fois que je me retrouve avec mon instrument dans les mains face à notre victime, je le fais tournoyer au-dessus de son visage comme le fait habituellement Azraël, choisissant l'endroit que je vais sectionner en premier. Eh dire que normalement, je me sers de cet outil pour sauver des vies mais aujourd'hui, Azraël ne me laisse pas le choix…

— Isaac ! Lâche ce scalpel ! Tu es en état d'arrestation !

Je tourne la tête et me retrouve face à l'Agent Spécial Dixon.

ASSASSIN

Enfin. J'ai cru qu'elle n'allait jamais arriver à temps.

Je savais que ce jour arriverait et nous y voilà. Aymie me tient en joue alors que la lame est posée sur la gorge de l'Agent Spécial Hawkins.

— Aymie, tu sais bien que je ne peux pas.

Des larmes roulent sur son si beau visage et je sens mon cœur se serrer. Je savais qu'elle découvrirait, tôt ou tard, la vérité, je savais que par amour pour elle, je devais enfouir Azraël à tout jamais dans une partie de ma tête, seulement… je n'ai pas eu la force de le faire.

— Isaac ! Ne m'oblige pas à tirer.

— Tu sais très bien que c'est la seule solution, mon amour.

— Ne m'appelle pas comme ça ! Lâche ton scalpel et fais un pas en avant. Tout va bien se passer, s'il te plaît, Isaac, coopère.

Coopère… Comme si c'était envisageable !

J'ai toujours su que ma vie se terminerait ainsi – à l'exception d'Aymie, je n'aurais jamais imaginé un jour tomber amoureux – car il n'y a aucune autre échappatoire. Je suis un monstre. Un tueur au sang-froid. Un assassin. Pour les personnes comme moi, il n'y a pas de peine de prison à perpétuité mais le couloir de la mort. Alors, pourquoi faire dépenser des milliers de dollars aux contribuables en attendant le jour de mon exécution ?

Je ne mérite pas de vivre et de connaître le bonheur. J'ai commis de trop nombreux péchés et je me dois de les absoudre. Je n'irai pas au Paradis et je suis certain que Lucifer m'attend avec impatience maintenant que mon heure est venue.

Mieux vaut en finir, ici et maintenant.

J'enfonce un peu plus mon scalpel dans la chair d'Hawkins et du sang coule le long de sa gorge. Sans aucune autre sommation, j'entends la détonation avant de ressentir une douleur fulgurante à l'épaule. Je recule d'un pas et pose ma main sur la plaie.

— La prochaine, je ne te louperai pas. Relâche ce putain de scalpel et rends-toi ! Je ne veux pas te tuer, Isaac.

— Pourtant, tu le dois, Aymie. Je t'aime mais je suis un monstre. Je ne peux pas lutter contre celui que je suis. Je n'arriverai jamais à me faire soigner et tu sais très bien que je vais finir dans le couloir de la mort. Alors, n'attends plus, Aymie. Fais-le ! Tire-moi une balle entre les deux yeux ! Qu'on en finisse !

Je brandis mon arme devant elle et me remets à côté d'Hawkins.

— Non ! Non ! hurle-t-elle, au bord du désespoir.

— Fais-le !

ASSASSIN

J'enfonce à nouveau la lame dans la gorge de son partenaire et alors que je l'entends me dire pour la première fois « je t'aime », je me retrouve propulsé sur le sol, une balle dans le thorax. Étrangement, je ne ressens pas la douleur et me mets à recracher du sang par la bouche. J'entends Aymie crier et venir vers moi en courant puis l'instant d'après, elle se matérialise sous mes yeux. Elle pose ses mains sur la plaie et en quelques secondes, elles sont recouvertes de mon sang.

— Accroche-toi, les secours arrivent.

— Comment nous as-tu trouvé ?

— J'ai eu ton message... Je suis ici, Isaac, avec toi. Accroche-toi, s'il te plaît, ne me laisse pas.

Malgré le fait que j'ai l'impression que ma tête s'enfonce d'un un nuage cotonneux, j'arrive encore à lui parler même si désormais, ma voix ne ressemble plus qu'à un étrange gargouillis.

— Promets-moi de ne pas t'en vouloir.

— Qu'est-ce que tu dis ?

— Ce n'est pas ta faute, si tu ne l'as pas découvert plus tôt. Tout est ma faute, Aymie. Tu es la meilleure chose qui me soit arrivée dans la vie et je suis désolé de ne pas avoir pu être celui dont tu avais besoin.

— Tais-toi, Isaac. Économise tes forces.

— Ce n'est pas la peine : c'est la fin, Aymie.

— Non, non, non ! Pourquoi tu as fait ça ? Pourquoi tu m'as obligé à faire ça ?

— Parce qu'il ne pouvait en être autrement. C'était inéluctable. Je suis désolé de t'avoir obligée à le faire.

Elle relâche ma blessure et prends ma main dans la sienne et alors que je ne m'y attends pas, elle pose ses lèvres douces et chaudes sur les miennes et ma respiration se bloque dans ma poitrine.

—Je t'aime, Isaac, murmure-t-elle en sanglotant.

—Je t'aime aussi, Ay…

Plus rien… Je sombre dans les abîmes et accepte avec fatalité mon destin…

ASSASSIN

Épilogue

Aymie

Une fois qu'Isaac a rendu son dernier souffle, je fais une crise d'hystérie et je ne me rappelle pas comment je me suis retrouvée à l'hôpital.

J'ai tué l'homme que j'aimais.

Alors que j'étais en train de décortiquer les informations recueillies par Hawkins, j'ai reçu un texto étrange d'Isaac qui me disait seulement « traque mon smartphone ». J'ai arrêté séance tenante ce que j'étais en train de faire et je me suis mise à sa recherche. Lorsque je suis arrivée à Palm Desert et que j'ai vu le véhicule d'Hawkins garé devant, j'ai tout de suite compris que quelque chose de grave était en train de se produire.

Malheureusement, je n'ai pas eu tort.

ASSASSIN

En franchissant la porte, j'ai entendu la discussion animée qu'avaient Isaac et mon partenaire et je me suis faite la plus discrète possible jusqu'à ce que je sois contrainte d'intervenir. Au moment où j'ai vu le sang de James perler à son cou, j'ai compris que les dés avaient été jetés et qu'il était trop tard.

J'avais perdu Isaac.

Bien sûr, maintenant que j'avais découvert son secret, notre couple n'avait plus aucune chance. Cependant, même s'il a commis toutes ces atrocités, je ne peux arrêter de l'aimer du jour au lendemain. De plus, la nouvelle que je viens d'apprendre m'oblige à positiver et à ne garder que le meilleur de notre histoire.

Dans quelques mois, je vais mettre au monde un bébé.

Le bébé d'Isaac.

Jusque-là, j'ignorais que j'étais enceinte. Je n'ai jamais oublié ma pilule et pourtant, un petit être a réussi à s'immiscer au creux de mon ventre. Ce bébé est le résultat de notre amour car même si Isaac était celui qui l'était, il n'en demeure pas moins que je ne doute pas un seul instant de son amour pour moi. Malheureusement, il n'aura jamais la chance de connaître et voir grandir son enfant mais je me suis promise que je ferai vivre le bon côté d'Isaac, pour ce bébé.

Au fond de moi, je sais qu'Isaac avait des problèmes psychiatriques et j'espère que mon bébé ne souffrira jamais des mêmes troubles que son père. Je ferai tout ce qui est en mon pouvoir pour lui apprendre la limite entre le bien et le mal afin que jamais, il ne succombe à des pulsions malsaines. Ce ne sera pas toujours facile mais je sais que j'y arriverai et pour cela, je ferai en sorte de connaître sur le bout des doigts les Troubles dissociatifs de la personnalité. D'après ce que m'a vaguement expliqué l'un des médecins qui m'a pris en charge à mon arrivée aux urgences, il semblerait que cette maladie se déclare à cause de nombreuses années de souffrances physiques et psychologiques et selon mon partenaire, le père d'Isaac était un monstre.

Ce bébé n'a pas encore vu le jour et pourtant, je l'aime déjà plus que tout au monde et je me battrai bec et ongles pour que jamais, il ne subisse le même sort que son père.

En ce qui concerne ma carrière au sein du FBI, je pense que je vais devoir également prendre du recul. Je suis *profiler* depuis quelques années et je n'ai pas vu que mon petit ami était en réalité un tueur en série.

Je ne sais pas vous mais moi, je pense que je ne suis pas faite pour ce job. Même si toute ma vie, j'ai rêvé de faire régner l'ordre et la loi, il semblerait que mon jugement ne soit pas aussi bon qu'il ne le devrait. Je n'ai jamais douté en mes capacités et voilà le résultat : l'homme de ma vie est mort… tué par mes soins…

Je ne sais pas si mon enfant me pardonnera un jour de l'avoir privé de son père mais je ne peux pas réécrire l'histoire.

ASSASSIN

Je décide de quitter l'hôpital contre les recommandations des médecins et avant de partir, je vais prendre des nouvelles de mon partenaire.

Hawkins n'a été que légèrement blessé et selon l'infirmière que je rencontre, il devrait sortir demain matin. Je suis soulagée d'être arrivée à temps, je n'aurais jamais pu vivre avec la mort de mon équipier sur la conscience.

Et dire qu'il a toujours su que c'était Isaac.

Une demi-heure plus tard, j'arrive à l'hôtel et le réception-niste m'interpelle :

— Excusez-moi, Agent Spécial Dixon, une personne a laissé cette enveloppe pour vous.

Je le regarde quelques instants sans réagir puis m'avance jusqu'à l'accueil et récupère le pli. Je remercie le personnel et m'engouffre dans l'ascenseur.

Pendant l'ascension, je regarde la lettre comme si elle allait me brûler en reconnaissant l'écriture inscrite dessus.

Quand les portes s'ouvrent, je suis au bord des larmes et manque de trébucher en sortant de la cabine. Je vais jusqu'à ma chambre, ouvre la porte, la referme du pied et je me laisse tomber au sol.

Je décachette les enveloppes et prends une profonde inspiration avant de commencer à lire.

ASSASSIN

Clémence Lucas

« Chère Aymie,

Si tu lis cette lettre, c'est que je ne suis plus de ce monde pour te dire de vive voix tout ce que j'ai sur le cœur.

Depuis ma plus tendre enfance, je sais au fond de moi que je suis une personne mauvaise. J'ai toujours eu des accès de violence et pendant très longtemps, j'ai tout fait pour ne pas laisser ma véritable personnalité prendre le dessus.

C'est pourquoi je suis devenu médecin, c'était ma manière à moi de me racheter en sauvant des vies alors que, dans mes moments les plus sombres, je laissais Azraël prendre le relais.

En y pensant, c'est assez drôle que ton équipe et toi, ayez surnommé votre tueur en série L'Ange de la mort puisque c'est le nom que j'ai moi-même donné à mon alter ego.

Comme quoi, sans t'en apercevoir, tu n'as jamais vraiment été très loin de moi. C'était écrit que nous nous retrouverions sur le même chemin.

Je ne pensais pas qu'un jour, je souhaiterais de tout mon cœur qu'Azraël disparaisse car j'étais tombé amoureux. Pourtant, depuis

ASSASSIN

notre première soirée chez moi, j'en ai fait le vœu sans jamais réussir à l'exaucer. J'aurais aimé être un homme meilleur pour toi, j'aurais aimé te décrocher la lune et te combler de bonheur mais nous savons tous deux que ce n'était pas possible.

Je voulais que tu saches que tu as été la meilleure chose dans ma vie et que grâce à toi, j'ai pu connaître le bonheur même s'il était éphémère.

Promets-moi de ne jamais renoncer à tes rêves, d'être la meilleure profiler que le FBI n'ait jamais connu et que tu arrêteras encore des monstres, comme moi. Tu trouveras une clé USB dans l'enveloppe. Elle te permettra d'élucider tous les meurtres non résolus d'Azraël et tu pourras mettre définitivement ce tueur en série derrière toi.

Tu trouveras également un autre pli mais celui-ci ne t'est pas destiné. Je pense que tu sais à qui il revient.

Je serai toujours dans ton cœur car je sais que tu étais dans le mien jusqu'à mon dernier souffle.

Je t'aime Aymie, toujours et à jamais.

Isaac. »

ASSASSIN

Clémence Lucas

« À toi, qui ne me connaîtras jamais,

Ta maman ne soupçonnait pas ton existence alors que moi, je me doutais que tu t'étais confortablement installé au creux de son ventre. Comment aurais-tu pu faire autrement ? Ta maman est une femme si belle, si douce, si extraordinaire... Tu avais toutes les raisons au Monde pour vouloir en profiter pendant neuf mois. Je suis sûr, qu'avec elle, tu es entre de bonnes mains et c'est avec un regard confiant vers ton avenir que je quitte cette existence.

Tu dois te demander comment je savais que ta mère était enceinte, la réponse est simple : ~~je suis~~... j'étais médecin. L'hypersensibilité, l'extrême fatigue, les nausées après les repas... Si elle mettait tout cela sur le compte du stress lié à son enquête, ce n'était pas mon cas.

J'aurais pu lui en parler mais pour t'avouer la vérité, j'étais complètement flippé à l'idée de devenir père. Eh dire que je me moquais de mon pote Marlon alors qu'en fait, j'étais comme lui.

ASSASSIN

Enfin, bref... Le sujet n'est pas là.

Il faut que tu saches que ta mère a été mon rayon de soleil au milieu de l'obscurité qui m'entourait et que je l'aimais de tout mon être. Alors, je te demanderai de toujours garder un œil sur elle. Ta maman est la femme la plus forte qu'il m'ait été donné de rencontrer mais je sais que parfois elle vacille et je compte sur toi pour que dans ces moments-là, tu sois là pour elle.

Je n'aurais jamais l'occasion de faire ta connaissance, de te voir grandir mais je veux que tu saches qu'à partir du moment où j'ai su que tu étais là, je t'ai aimé à chaque seconde de ma vie.

Sois heureux. Crois en tes rêves. Vis.

Avec tout mon amour, pour toujours et à jamais.

Papa. »

ASSASSIN

Clémence Lucas

Remerciements

Pendant mes soirées corrections avec ma binômette de travail, j'ai remarqué que depuis trois ans, au mois de juillet, j'avais besoin de me lancer des défis.

La première année se fut avec l'écriture d'Un nouveau départ lauréat du premier concours organisé par Fyctia.

L'année dernière, j'ai eu envie de légèreté et je me suis lancée dans l'aventure Super Connard et moi.

Et aujourd'hui, je m'essaie à la romance à suspense avec notre Assassin et il participe également à un concours, Les Plumes Francophones, organisé par Amazon.

Alors, dans mes rêves les plus fous, j'espère que cette nouvelle histoire sera aussi bien accueillie que les précédentes et j'espère sincèrement que vous aurez pris autant de plaisir que moi en l'écrivant. Car oui, cette histoire n'est pas toute rose pourtant, j'ai aimé chacun des personnages, même Azraël (ne me regardez pas comme ça, je n'y suis pour rien si je suis un véritable cœur d'artichaut).

Enfin bref, je ne dirai jamais assez merci à mes parents qui ont gardé mes trois petits monstres pendant la journée pour que j'avance dans mon manuscrit et à mon mari qui a compr-

mon besoin de me focaliser sur cette histoire tant qu'elle n'était pas finie.

Merci à ma binômette, celle avec qui je partage un cerveau, qui me pousse à chaque fois que je veux changer de registre, qui m'encourage et me remotive quand je pense que tout ce que je fais est pourri et qui surtout est une véritable amie en or. Merci merci merci.

Merci à Karine qui a été l'une des trois à connaître la fin de l'histoire et qui m'a aidé à chaque fois que j'avais peur d'aller dans la mauvaise direction. J'ai adoré nos échanges, tu as été un véritable soutien.

Un petit mot spécial pour Mathilde qui était la 3ème dans la confidence. Dès le début, tu m'as supplié de ne pas garder cette fin, de faire une happy end et pourtant, quel plus joli compliment pouvais-je espérer que ton « il est magnifique ton nouveau bébé ».

Et merci à ma nouvelle équipe de bêtas avec une mention spéciale pour Franck Driancourt, merci énormément pour tes annotations et ton œil avisé dans la partie suspense. C'est la première fois que j'avais un homme dans mon équipe de relecture et j'espère que tu seras OK pour retenter l'expérience car j'ai adoré notre collaboration.

Merci à Émilie, ma Mimile, une de mes plus anciennes amies (mince, dis comme ça, on fait vieilles) pour cet après-midi café / corrections, nos fous rires et tes remarques sur ce manuscrit.

Et un énorme merci à toutes les autres car oui, j'avais tellement la pression avec cette nouvelle aventure que j'ai pris THE TEAM de bêtas : Fabi (ma coupine qui fait partie de l'équipe depuis le début), Armony, Audrey, Sandrine, Véronique, Aurélie R, Elvina, Jennifer, Aurélie P, Claire, Magali, Stéphanie, Vanessa.

Merci aux bloggueuses / chroniqueuses qui répondent toujours présentes quand j'arrive au dernier moment avec mon Service Presse.

Et un immense merci à vous, ceux qui me suivent depuis le début et ceux qui arrivent en cours de route. Merci d'être là car sans vous, tout ce rêve ne serait pas possible.

À bientôt pour de nouvelles aventures !

Je vous embrasse,

Clémence.

ASSASSIN

276

Clémence Lucas

Du même auteur

Love Twice

Âgée de vingt-cinq ans, Summer a tout pour être heureuse : un job qu'elle adore, une famille soudée, des amis sur lesquels elle peut toujours compter et un petit ami, Prescott, coéquipier de Chad – son meilleur ami – qu'elle aime profondément. C'est simple, tout lui réussit !

Jusqu'à cette funeste nuit où sa vie va basculer.

Célibataire, maman et débordée

À trente ans, Mélissa, vit seule avec ses jumeaux depuis que son mari l'a quittée avec pour seul avertissement un post-It laissé sur la porte du frigo. Depuis, sa vie ne tourne plus qu'autour de ses enfants, son boulot qu'elle n'aime pas et de ses amis Pierre et Emy. Jusqu'au jour où elle rencontre Matt et où sa vie change du tout au tout.

Quand l'amour frappera à nouveau à sa porte, saura-t-elle rouvrir les yeux… et son cœur ?

ASSASSIN

Désirs Ardents
La série qui réchauffera vos nuits

Propose-moi - Tome 1

En quittant sa Provence natale pour s'installer à Paris avec sa meilleure amie, Lisa avait pour unique but de réussir ses études afin d'ouvrir sa propre entreprise d'événementiel. Sept ans plus tard, ses rêves professionnels n'ont toujours pas abouti. L'amour ? Elle ne veut plus y penser de puis que Julien lui a brisé le cœur, deux ans auparavant. C'était sans compter sur le destin qui met en travers de sa route Joshua, dont le magnétisme la fascine. Il va lui faire découvrir un monde de volupté dont elle ignorait l'existence. Le passé de Lisa refait alors surface, la confrontant avec ses souvenirs.

L'histoire de Lisa et Joshua pourra-t-elle surmonter ses épreuves ? Leur amour résistera-t-il ?

Choisis-moi - Tome 2

Lucie, une jeune femme de vingt-sept ans, travaille dans un bar branché et compose des chansons pour des artistes. Elle rêve de devenir chanteuse mais son trac l'empêche de le réaliser. Elle fera la rencontre de Salvatore qui lui demandera de composer un album. Cette proposition va changer le cours de sa vie et son amour perdu, Romain, va réapparaître. Entre le beau brun ténébreux et son premier amour, son cœur balance.

La passion ou la raison ? Lequel des deux saura gagner son cœur ?

Clémence Lucas

Une semaine aux Bahamas - Nouvelle 1.1

Deux ans après leur mariage et la naissance des jumeaux, Joshua décide d'emmener Lisa pour une escapade en amoureux aux Bahamas. Ce sera l'occasion pour eux de revivre la Lune de miel qu'il avait initialement programmée avant qu'on leur annonce que Lisa était enceinte, mais également l'occasion de se ressourcer et de nourrir leur couple et ce qui fait son essence, le « jeu »…

Joshua, en parfait maniaque du contrôle, a tout organisé depuis Paris pour mener sa douce soumise de surprise en surprise et aux frontières du plaisir et de la transgression…

Apprivoise-moi - Tome 3

Anna est une femme au caractère bien trempé, qui ne mâche pas ses mots. Jeune avocate, elle écrit des romans érotiques pour son plaisir dans le plus grand secret. Elle tombe sous le charme de Nico, trentenaire célibataire habitué du milieu BDSM et réfractaire à l'amour. Le hic ? Elle ne supporte pas ce type de relation et préfère le quitter. Entre désillusion et espoir, Anna se jette à corps perdu dans son travail et le footing pour tenter de l'oublier. Mais Nico ne l'entend pas de cette oreille et fera pour tout pour reconquérir sa belle. Y parviendra-t-il ?

ASSASSIN

Grand Lake Stories

Super Connard et moi

Tome 1 & 2

Izzy Young, bientôt 22 ans, est pleine de charme malgré son irrécupérable maladresse ; et ce n'est pas son voisin Shawn, fou amoureux d'elle, qui dira le contraire !

Pourtant Izzy se croit malheureuse en amour. Pourquoi ? Parce que, depuis toute petite, elle rêve de Rick. Rick, *le* Super Connard qui a toutes les filles à ses pieds – et dans son lit. Rick, qui ne l'a jamais regardée…

Jamais, vraiment ? Alors quel est ce jeu du chat et de la souris qui s'est installé entre eux deux ? Et dans ce jeu de séduction, qui est qui, au juste ?

Super connard et elle

Tome 3

De désert sentimental, la vie amoureuse d'Izzy est devenue compliquée. Très compliquée.

Premièrement, elle a couché avec l'homme de ses rêves, Rick, alias Super Connard.

Deuxièmement, cela n'a pas plu à Shawn, son inoffensif voisin, qui a frappé Rick en l'apprenant. Et l'a embrassée, elle.

Troisièmement, Rick semble prêt à remettre ça !

Clémence Lucas

Mais Super Connard est-il capable de s'engager dans une relation sérieuse ?

Et pourquoi Izzy n'arrive-t-elle pas à oublier la sensation des lèvres de Shawn sur les siennes ?

Quand je vous disais que c'était compliqué…

ASSASSIN

Aux Éditions Reines-Beaux

Un nouveau départ

Cassandra Lacour est une jeune femme de vingt-deux ans. Elle entre dans la vie active en faisant un stage chez Design & Co, entreprise dirigée d'une main de maître par Noah Beckham, à qui la vie sourit. Chaque nuit, ses vieux démons la hantent dans son sommeil et, chaque matin, elle s'efforce de vivre avec le lourd fardeau d'un passé insupportable. Pourtant très proche de son frère Mattéo et de son amie Barbara, elle n'a jamais réussi à se confier et n'accorde sa confiance à personne. Néanmoins, son charismatique patron va bouleverser sa vie, fissurant peu à peu la carapace qu'elle s'était forgée au fil des années.

La vie l'a abattue, mais Cassie a décidé de se relever. Trouvera-t-elle son salut dans les bras de Noah… ?

Sentinelle, volume 1

Je déteste la rentrée des classes, et cette année encore plus que les précédentes. Après dix-huit ans de mariage, mes parents ont décidé de se séparer. Ma mère a accepté un nouveau poste dans le sud de la France, et nous voilà donc, le jour de la rentrée, dans une nouvelle ville, un nouveau lycée et aucun ami. Pour la première fois de ma vie, je suis la nouvelle, que personne ne connaît et qui va devoir se trouver une place au milieu de tous ces ados qui se connaissent depuis toujours. Eh bien, me voilà mal barrée !

Clémence Lucas

Sentinelle, volume 2

Il n'y a pas un jour sans que je ne pense à lui. Je sais que c'est parfaitement ridicule après tant d'années, mais je ne peux m'en empêcher. Vincent Baudouin est gravé dans ma mémoire comme les inscriptions antiques le sont dans le marbre.

J'avais seulement seize ans quand nous nous sommes connus. Je venais tout juste d'arriver à Bandol avec ma mère, mon frère et ma petite sœur après la séparation de mes parents. Je ne connaissais personne et j'avais peur d'être le nouveau bouc-émissaire du lycée. Seulement, Vinz en avait décidé autrement. C'était le capitaine de l'équipe de rugby, un élève studieux, et il avait un corps de rêve. Toutes les filles du lycée lui tournaient autour. Dès le premier jour de classe, il m'a pris sous son aile. Nous sommes devenus meilleurs amis et, de fil en aiguille, il est devenu mon premier amour.

Mais le décès de mon frère a tout chamboulé. Mes parents se sont remis ensemble et ont décidé de retourner vivre à Paris. Alors, j'ai préféré quitter Vinz plutôt que tenter une relation longue distance.

J'ai longtemps espéré qu'il me contacte ou qu'il débarque à Paris pour me retrouver, un peu comme dans les films, mais, apparemment, il m'a complètement oubliée. Je n'aurais peut-être pas dû le quitter, mais je crois profondément au Destin. Si c'est écrit, je suis sûre que nous nous retrouverons…

Sentinelle, volume 3

Cléa et Vinz ont passé sept années séparées l'un de l'autre, mais le temps et la distance n'avaient rien enlevé aux sentiments qu'ils éprouvaient lorsqu'ils étaient adolescents.

Malheureusement, le destin n'a pas fini de les tourmenter, et Vincent se voit confronté à une révélation qui ne fera que les éloigner davantage.

Entre amour et trahison, nos deux héros vont devoir affronter de nouvelles épreuves mais leurs chemins finiront-ils par se recroiser, cette fois ?

Dépôt Légal Juillet 2017